講談社文庫

分断

百万石の留守居役（十二）

上田秀人

講談社

目次――分断　百万石の留守居役（十二）

金沢・江戸間の街道図

地図作成／ジェイ・マップ

〔留守居役《るすいやく》〕

主君の留守中に諸事を采配《さいはい》する役目。人脈をもつ世慣れた家臣がつとめることが多い。参勤交代が始まって以降は、幕府や他藩との交渉が主な役割に。外様《とざま》の藩にとっては、幕府の意向をいち早く察知し、外様潰《つぶ》しの施策から藩を守る役割が何より大切となる。

〔加賀《かが》藩士〕

藩主
前田《まえだ》綱紀《つなのり》

― 人持《ひとも》ち組頭《くみがしら》七家（元禄《げんろく》以降に加賀八家）
- 本多《ほんだ》安房《あわ》政長《まさなが》（五万石）筆頭家老
- 長《ちょう》　尚連《ひさつら》（三万三千石）国人出身
- 横山《よこやま》玄位《はるたか》（二万七千石）江戸家老
- 前田孝貞《たかさだ》（二万一千石）
- 奥村時成《おくむらときなり》（一万四千石）奥村本家
- 奥村庸礼《やすひろ》（一万二千四百五十石）奥村分家
- 前田備後《びんご》直作《なおなり》（一万二千石）

― 人持ち組

― 平士
瀬能数馬《せのうかずま》（一千石）ほか

― 平士並《なみ》 ― 与力（お目見え以下） ― 御徒《おかち》など ― 足軽など

〔第十二巻『分断』——おもな登場人物〕

瀬能数馬《せのうかずま》　祖父が元旗本の加賀《かが》藩士。若すぎる江戸留守居役《るすいやく》として奮闘を続ける。藩主綱紀《つなのり》のお国入りを助け、使者として出張した越前《えちぜん》で騒動に遭《あ》った。

本多安房政長《ほんだあわまさなが》　五万石の加賀藩筆頭宿老《しゅくろう》。家康《いえやす》の謀臣《ぼうしん》本多正信《まさのぶ》が先祖。「堂々たる隠密《おんみつ》」。

琴《こと》　本多政長の娘。数馬を気に入り婚約、帰国した数馬と仮祝言《かりしゅうげん》を挙げる。

石動庫之介《いするぎくらのすけ》　瀬能家の家士。太太刀の遣《つか》い手《て》で、数馬の剣の稽古《けいこ》相手。介者《かいしゃ》剣術。

刑部一木《おさかべいちもく》　本多家が抱える越後忍《えちごしのび》・軒猿《のきざる》を束ねる。体術の達人。

佐奈《さな》　琴の侍女。江戸で数馬の留守を守る。刑部の娘。

武田四郎《たけだしろう》　加賀藩江戸藩邸を襲撃した無頼の新武田二十四将の生き残り。

六郷大和《ろくごうやまと》　加賀藩留守居役筆頭。数馬の上司。

村井次郎衛門《むらいじろうえもん》　加賀藩江戸次席家老。お国入りしている藩主綱紀の留守をあずかる。

横山大膳玄位《よこやまだいぜんはるたか》　加賀藩江戸家老。藩主綱紀から謹慎を言い渡されている。

横山内記長次《よこやまないきながつぐ》　玄位の大叔父《おおおじ》。五千石。幕府直参《じきさん》の寄合旗本。

前田《まえだ》綱紀　加賀藩五代当主。利家《としいえ》の再来との期待も高い。二代将軍秀忠《ひでただ》の曾孫《そうそん》。

大久保《おおくぼ》加賀守忠朝《ただとも》　老中。本多家とは代々敵対してきた。

堀田備中守正俊《ほったびっちゅうのかみまさとし》　老中。次期将軍として綱吉擁立《つなよしようりつ》に動き、一気に幕政の実権を握る。

徳川《とくがわ》綱吉　四代将軍家綱《いえつな》の弟。傍系ながら五代将軍の座につく。綱紀を敵視する。

分断

百万石の留守居役（十二）

第一章　加賀《かが》の難

一

江戸の裏が変わった。

武田信玄《たけだしんげん》の直系を僭称《せんしょう》し、かなり広い縄張りを誇っていた武田法玄《ほうげん》が死んだ。それだけならば、跡目が出て、多少のいざこざはあってもさほど大きな波は立たないのだが、新武田二十四将も壊滅してしまったために、縄張りの維持ができなくなった。

「力ずくで……」

「斬り取り放題じゃ」

一気に勢力を増やす好機とばかり無頼の親分たちが色めき立った。

武田法玄が押さえていた賭場《とば》、遊郭を早い者勝ちとばかりに侵食し始めた。

そのなかの一人が、武田法玄の住居でもあった寺を襲った。

「ここを取れば、吾《われ》こそ武田の後釜と言えるわ」

武田法玄が死に、配下が霧散した寺は無住だと信じきっていた親分が、先頭を切って本堂へ足を踏み入れ、崩れ落ちた。

「親分」

「ちくしょう、誰だ」

ついてきていた子分が叫んだ。

「土足で踏みこんで来たのはそっちだろう」

本堂のなかから、笑うような声がした。

「出てきやがれ。親分の仇討《かたきう》ちだ」

子分が声を張りあげた。

「入って来いよ、そっちからな。親分ほどの度胸もないか、それでは死ぬまで人に使われたままだぞ」

なかから嘲弄《ちょうろう》が返ってきた。

「てめえ」

「本拠を……」

「声は一人だ。一気に踏みこめば押しつぶせる」

怒っている仲間にもう一人が告げた。

「……おお」

「その代わり、あの声の男を殺した者が、親分の跡目を継ぐ。それでどうだ」

策を口にした配下が仲間を見回した。

「いいぜ。そうすれば、一緒にと言いながら、踏みこまねえような根性なしはいなくなるだろう」

「おいらもそれでいい。勝てば姐《あね》さんも好きにしていいんだよな」

「全部だ。なにせ、親分は死んじまった。武田の坊主と同じだ。力ある者がすべてを奪う。それが裏の決まりよ」

五人いた配下がうなずき合った。

「行くぜ、せえの」

策を口にした配下の合図で、全員が本堂の戸を蹴破ってなかへ踏みこんだ。

「遅いわ」

嘲弄とともに槍《やり》が突き出され、中央にいた無頼が喉《のど》を貫かれた。

「太助《たすけ》……」

仲間が即死し、残った四人の足が驚愕《きょうがく》で止まった。

「まともに戦ったことのない者はこれだから、情けない」

あきれを伴った槍が数度閃《ひらめ》いた。

「ぐえっ」

「かはっ」

二人が崩れ落ちた。

「ひえっ」

「あわっ」

残った二人が、恐慌に陥《おちい》った。

「やはり、駄目だな。使いものにならぬわ」

嘆息した槍遣《つか》いが、残った二人も屠《ほふ》った。

「荒ぶるのう、四郎《しろう》よ」

本堂の奥から老僧が姿を見せた。

「吾が傷で寝ている間に、このていどの輩《やから》が好き放題してくれたなど我慢できぬ」

武田党の生き残り、四郎が槍を振って穂先についた血を払った。

「配下もほとんど逃げたではないか。もう、とても縄張りなぞ維持できぬぞ」

老僧が四郎に言い聞かせるように述べた。

武田法玄が、新二十四将のうち三人を殺した加賀《かが》藩への復讐だと、上屋敷を襲撃したものの返り討ちに遭《あ》ったのは、一ヵ月足らず前のことであった。

襲撃に参加した新二十四将は、すべてが死ぬか、行方《ゆくえ》がわからなくなり、傷を負った四郎を支えて戻って来た十数人の配下も、もう片手で数えられるほどまで減っていた。

数少なくなった賭場や岡場所に人を割いた今、武田党の本拠に残っているのは、武田法玄の次男四郎とその叔父《おじ》にあたる典厩《てんきゅう》だけであった。

「栄枯盛衰は世の常じゃ」

典厩が四郎をなだめた。

「かの武田家も織田《おだ》によって削られ、最後は身内の裏切りで滅びた。そうでないだけましであろう」

「縄張りなどどうでもよい」

「えっ」

説得した四郎の返答に、典厩が驚いた。

「配下ももう要《い》らぬ。武田党は父法玄とともに滅びた。吾という身内の裏切りでな」

「………」

言った内容をそのまま返された典厩が黙った。

「これ以上、加賀を狙えば武田党は全滅する。武田の血を引く我らはまだいい。だが、配下の者どもは、武田の力にあこがれて集まって来ただけだ。そんな連中まで、滅びにつきあわせるわけにはいくまい。だから、父を吾は殺した」

四郎が瞑目《めいもく》した。

「なにがしたいのだ」

典厩が、じっと四郎の顔を見た。

「……惚《ほ》れた」

「なにを言っている」

四郎の口から出た言葉に、典厩が戸惑った。

「あの女を、吾は守ると誓ったのだ。そのために、武を磨く」

「女のためだと言うか」

四郎の話に、典厩があきれた。

「この惨状が……一人の女のため」

典厩が、床に拡がる血の海に沈む六人の無頼の死体に目をやった。

「ここは加賀の屋敷に近いからな。虫は減らしておくべきだろう。それに我ら武田党が惨敗した加賀藩前田《まえだ》家にちょっかいをかけ、俺たちこそ江戸最強だと言い出す者が出ては、迷惑千万。なにより敗者として、いたたまれぬ」

四郎が淡々と告げた。

「ふふふ……ふははっは」

不意に典厩が笑い出した。

「善《よ》きかな、善きかな。人は男と女に還《かえ》るものじゃ」

典厩が手を叩《たた》いて喜んだ。

「届きはせぬだろうが、せめて覚えていてもらわぬとな。生きてきた甲斐《かい》がないわ」

「我ら闇の者が、生き甲斐を口にする。快哉《かいさい》すべきである」

四郎の言葉に典厩が喜んだ。

「どれ……」

典厩が本尊の前に置かれていた武田法玄の位牌《いはい》を手にした。

「江戸の夜を支配するなどという妄執《もうしゅう》は、愚僧が持ちさるとするかの」

「叔父御、どこへ行かれる」

「甲州《こうしゅう》へ行こうと思う。恵林寺《えりんじ》に納めてやれば、兄も成仏するだろう」

問われた典厩が答えた。

二

妻琴《こと》との道行きは、あっさりと中断された。

足弱の琴のために駕籠《かご》を手配するため、大聖寺《だいしょうじ》で休息していた加賀藩留守居役《るすいやくせ》瀬能《のう》数馬《かずま》たちのもとへ金沢からの急使である軒猿《のきざる》が着いた。

「お頭《かしら》……」

使者の軒猿が、刑部《おさかべ》の耳元で用件を伝えた。

「……御家老さまが至急の帰藩をしていただきたいとのことでございまする」

用件を聞き終わった瀬能数馬の前に、筆頭宿老本多《しゅくろうほんだ》家お抱えの忍《しのび》、軒猿頭の刑部が片膝《かたひざ》をついた。

「わかった」

義理の父でもある本多政長《まさなが》の指図ならば、いたしかたない。数馬が了承した。

「ということだ。悪いが先に行く」

数馬が琴に告げた。

「刑部」

琴が冷たい声で刑部を呼んだ。

「はっ」

刑部が両膝をついて頭《こうべ》を垂れた。

「父上さまは、夫婦仲を裂きたいとお考えか」

「とんでもないことでございまする」

琴の言葉を刑部が強く否定した。

「最初は京まで参るという予定であったはず。これが諸般の事情でなくなったのは、いたしかたありませぬが」

当初、福井藩から脱出した後、琴と数馬は京へ行き、しばらく滞在して公家との交流を始めるはずであった。しかし、福井藩での騒動が思わぬ結果を生んだことでそれを中止、取り急ぎ金沢へ戻って、諸事を詰めることとなった。

「大聖寺でございますよ。ここは。金沢まであと一日ほど。その一日さえ取れぬとは、なにがありました」

琴が刑部に事情の変化を報告しろと求めた。

「…………」

刑部が困惑した。

「琴、よさぬか」

数馬が妻を宥《なだ》めた。

「先に帰れというだけではないか。金沢に戻れば、また一緒だぞ。吾は参勤交代で国元に入ったゆえ、江戸へ帰るのは来春、殿のお供をしてじゃ」

一年近く共におられると数馬が宥めた。

「あなたさま。それは父を甘く見過ぎでございまする。あの父が、なにもなしであなたさまをわたくしから引き離すわけはございませぬ。そうであろう、刑部」

夫の説諭にも琴は引かなかった。

「刑部さま」

同行している女軒猿の夏《なつ》も促した。

「ここにおるものは、皆、本多家の臣じゃ。話が外へ漏《も》れる心配はない。そうであるな」

「もちろんでございまする」

「命にかけて」

行列の一同が琴の確認にうなずいた。

「隠してもいずれ知れるぞえ。そのほうが、わたくしの怒りは大きくなるとわかっておろう」

琴が脅《おど》しをかけた。

「……殿が将軍家より召喚《しょうかん》を受けましてございまする」

刑部が折れた。

本多家の者が殿というときは、本多政長を指す。

「……将軍家から」

数馬が絶句した。

「では、江戸へ」

「はい。そのお供をお願いしたいと」

刑部が述べた。

「旦那さまをこのまま江戸へ……」

琴が一瞬、啞然《あぜん》とした。

「姫さま」

落ち着いてくれと刑部がすがるような目をした。

「……大事ありません」

大きく息を吸った琴が落ち着いていると言った。

「琴……」

「あなたさま」

心配そうな数馬に、琴が笑顔を見せた。

「どうぞ、お出でくださいまし」

「よいのか」

不意に聞き分けの良くなった妻に、数馬が目を大きくした。

「はい。父が江戸へ出る。それを殿もお認めになった」

琴は本多家の娘ではなく、瀬能家の妻として言っていた。瀬能は前田綱紀《つなのり》の家臣であるので、そこで殿といえば綱紀となる。

「主君がお決めになられたとあらば、家臣は従うのが筋でございまする」

「そうであるな」

琴の言いぶんに数馬は同意した。

「お帰りをお待ちいたしておりまする。お留守中のことは、ご案じなさいませぬよう」

立ちあがった琴が、きれいな姿勢で一礼した。

「頼んだ」

数馬が琴に応じた。

「刑部どの、庫之介《くらのすけ》、参るぞ」

「ご案内つかまつりまする」

「承知いたしましてございまする」

促した数馬に、刑部と瀬能家の家士石動《いするぎ》庫之介がうなずいた。

早足で去っていく数馬たちを見送った夏が琴に問いかけた。

「よろしゅうございましたので」

「まったく、刑部もそなたも、わたくしをなんだと思っておりますか。夫を仕事に盗《と》られたくらいで癇癪《かんしゃく》など起こさぬわ」

琴が憤慨した。

「わたくしは数馬さまの妻。瀬能家を守り、次代を産み、育むのが仕事」

「さすがでございまする」

武家の妻としての心得を口にした琴を夏が称賛した。

「それに父が金沢を留守にするのです。きっと有象無象が、鬼の居ぬ間にと動き出しましょう。その者たちへの対応もありますし……」

琴が一度間を空けた。

「父に代わって殿のお手伝いをいたさねばなりませぬ」

加賀藩で綱紀の立場は強固だが、それでも将軍継嗣《けいし》の問題で家中が割れた影響を完全には払拭《ふっしょく》できていない。

綱紀を将軍家へ渡し、加賀藩を親藩にして後代の怖れを取り除こうと考えた連中のすべてを排除できてはいない。いや、できないのだ。もし、それをおこなえば、家中の動揺は激しくなり、適材適所で動かしてきた藩政にも影響が出る。

綱紀を排し、別の誰かを当主に据《す》えようとしたとかいうならば謀叛《むほん》と同じ扱いになるため厳罰に処しても家中は納得する。

しかし、今回は加賀藩の未来を考えてという名分がある。家臣は主君ではなく、主家に付く。主君が死んだところで跡継ぎさえいれば家が続き、己《おのれ》の立場や禄《ろく》も保証される。

綱紀にとっては謀叛人でも、他の藩士から見れば、手法は違うが藩を守ろうとした同志である。それを無条件に切り伏せてしまえば、綱紀の評判が悪くなった。

誰を役目から外し、誰を残し、誰を引きあげるか。これは綱紀の仕事だが、実質は本多政長が担当していた。

なにせ綱紀は将軍継承の問題で江戸におり、その後のごたごたもあって長く国元を留守にしていた。とても国元の誰が敵で、誰が味方か把握できていない。そのすべてを全幅の信頼をもって国元を預けている本多政長に委ねたのは当然であった。

その本多政長が金沢を外れる。

「将軍家もいやらしい手を使われる」

琴が眉間《みけん》にしわを寄せた。

「父を遠ざければ、金沢が揺らぐとでも思われたのでしょうが……それくらいのこと本多の血を引く者が気づかぬはずはなし」

「姫さま」

夏が琴に発言の許可を求めた。

「姫ではなく、奥と呼びなさい。で、なにか」

訂正を命じながら、琴が許した。

「罠《わな》ならば、道中の危険がございましょう」

本多政長の行列が襲われるのではないかと、夏は懸念していた。

「刑部率いる軒猿に吾《わ》が夫、その家士石動がおるのですよ。それこそ二十人やそこらでどうこうできるはずはありません」

「弓矢鉄炮などの飛び道具は」

琴の返答にも夏は納得していなかった。

「軒猿が、弓矢の届く範囲に敵を入れると」

「……………」

うなずけば軒猿の力不足を認めることになり、否定すれば危惧《きぐ》するのはまちがいになる。夏が黙った。

「よい心がけです」

琴が夏を褒《ほ》めた。

「女軒猿は何人出せますか」

「姫、いえ、奥さまの警固《けいご》に二人、本多家へ詰めるのが三人、予備も兼ねた使者役が二人、七人は金沢に残さねばなりませぬゆえ、出せて三名かと」

少し考えて夏が述べた。

「三人いれば大丈夫でしょう。夏、そなたが率いなさい」

「はっ。では」

琴の指図を受けた夏が消えた。

「さて……戻りますよ」

すっと琴が駕籠に身を入れた。

「扉を閉めまする。お発《た》ち」

女軒猿が駕籠を担いだ。

「……まったく、数馬さまを便利使いしすぎですね。殿や父と、一度ゆっくりお話をせねば」

駕籠のなかで琴が、独りごちた。

三

金沢はざわついていた。

「本多どのが、江戸へ行かれるそうだ」

「将軍家のお召しだと聞いたが、まことか」

「直参へのお取り立てではなかろうな」

加賀藩士が寄ると触ると本多政長出府の話題になった。

「ついに正体を現したか、堂々たる隠密」

「加賀藩の弱みを上様へ渡し、その褒美《ほうび》として譜代大名へ復帰するなど、許せぬ」

当然、本多政長の江戸行きを悪意で捉える者も出て来た。

「前田孝貞《たかさだ》さまに動いていただくべきだ」

「そうじゃ。よそ者に握られていた藩政を、譜代の者の手に取り返すべし」

金沢がふたたび割れそうになっていた。

「……まったく、面倒な」

藩政をおこないながら、綱紀がため息を吐《つ》いた。

「お手を緩められますな。明日には金沢を発ちまする。それまでにこれだけのことを片付けていただかねばなりません」

本多政長が、綱紀をたしなめた。

「爺《じい》、病だとして代理を立てるわけにはいかんのか。主殿《とのも》ならば、御上も文句は言うまい」

綱紀が本多政長を見た。

主殿とは本多政長の嫡男、萬作政敏《まんさくまさみち》のことだ。

「わかっていながら、甘いことを口にされますな。公方さまが代理などをお認めになられるはずはございませぬ」

書付《かきつけ》を整理しながら、本多政長が綱紀に応じた。

「……ご譜代取り立てだろう」

「でございましょうな」

完全に仕事の手を止めた綱紀に、本多政長がため息をつきながら合わせた。

「狙いはなんだ」

綱紀が目つきを鋭いものにした。

「後ろについている者次第というところでしょうな」

本多政長も綱紀を見つめた。

「余と爺の仲違いを狙っているのであれば、楽なのだが……先祖の功績を盾《たて》に、本多家を譜代大名にし、前田家から引き離す。もちろん、余が反対するのは織り込みずみ」

天下人が陪臣《ばいしん》を気に入り、直臣に取り立てた例は多い。

豊臣秀吉《とよとみひでよし》が大友宗麟《おおともそうりん》の忠臣立花宗茂《たちばなむねしげ》を独立した大名にした話はとみに有名である。こうすることで豊臣秀吉は天下に名だたる武将を家臣とし、さらに大友家の力を大きく削《そ》げた。立花宗茂を手に入れたことで、豊臣秀吉の九州征伐が早まったのは確かであった。

もっとも天下人が陪臣を手にするには、主君の許可が要る。主君が許さなければ、いかに天下人でも無理強《じ》いはできなかった。無理強いはご恩と奉公という武士の根本を崩すことになり、それこそ天下騒乱のもとになりかねないからだ。

天下人に望まれながら、断れた例には伊達政宗《だてまさむね》の側近片倉小十郎《かたくらこじゅうろう》がある。やはり豊臣秀吉が有能な片倉小十郎に目をつけたが、本人も伊達政宗も拒否、話は立ち消えになった。

「それほど愚かではございますまい。まあ、上様は存じあげないのでなんとも申せませぬが、老中首座堀田備中守《ほったびっちゅうのかみ》さまがついておられますし」

戦国の時代ではもうない。乱世では、天下がどこへ転がるかわからないだけに、勧誘に応じるのも命がけになる。もし、片倉小十郎が移籍した後、豊臣秀吉が没落し、伊達政宗が新しい天下人になったとなれば、片倉家がどうなるかは自明の理である。事実、豊臣秀吉の勧誘にのって徳川家康《とくがわいえやす》のもとから出奔《しゅっぽん》した石川数正《いしかわかずまさ》の子孫は、後日断絶の憂《う》き目《め》に遭っている。

しかし、徳川が天下を取り、偃武《えんぶ》泰平の世になっている。乱世でなくなれば、幅を利かすのは秩序になる。そして、武家の秩序は、将軍を頂点として、譜代、外様の順となっている。外様は決して幕府で出世できず、外様は譜代の後塵《こうじん》を拝するしかない。譜代大名はまさに憧れである。

ましてや、加賀の本多家は外様大名でさえないただの陪臣なのだ。五万石であろうとも、百俵の御家人へ頭《こうべ》を垂れなければならない。秩序が定まった今、これは末代までかわらない約束であった。

その決まりを破れる。陪臣から譜代大名になれるなど夢のまた夢、その夢が叶《かな》えられると言われたら、人は揺らぐ。

だが、これを前田家が認めることはなかった。昨日まで家臣だった者が、譜代大名として上座につくなど認められるわけはない。秀忠《ひでただ》の娘珠姫《たまひめ》を正室に迎えたことで、一門扱いを受けている前田家より、譜代大名になったとはいえ本多家が凌駕《りょうが》できるものではないが、主君の変更が起こる。

前田家から将軍家へと本多家の忠義の先が変わる。

加賀の隅々まで知っている本多家が、将軍の手先になる。この恐怖がどれほどのものか、前田家の当主は誰もが身に染みて知っている。

「本多家を躬《み》にくれ」

将軍綱吉《つなよし》からこう言われても、

「藩祖前田利家《としいえ》の時代から、本多家は縁《えにし》を結んで参りました。上様のご諚《じょう》はかたじけなきことではございますが、畏《おそ》れながらお断りをいたしたく」

綱紀は拒む。

「躬が折角《せっかく》、本多佐渡守正信《さどのかみまさのぶ》の血を大名にしてやろうとしたのを、加賀が断った。残念である。加賀さえ認めれば……」

綱吉がそう言えば、大きな希望を潰《つぶ》したのは、綱紀のせいだとなる。

「おのれ……」

本多政長が先祖のような譜代復帰を切望していれば、綱紀への不満が出る。藩主と筆頭宿老の間に溝が生まれる。これは加賀の前田家を邪魔だと思っている幕府にとって大きな一手になる。

「堀田備中守どのなら、せぬな」

一夜、周囲を気にしての密談を綱紀と堀田備中守正俊《まさとし》はおこなっている。そこで綱紀は堀田備中守の才気を感じ取っていた。

「公方さまと堀田備中守さまの間はいかがでございましょう」

本多政長が問うた。

「軒猿に調べさせておるだろう」

「実際に堀田備中守さまとお会いになった殿のご感想を聞かせていただきたく」

知っているはずだと言った綱紀に、本多政長が求めた。

「そうよな……まず、最初の印象は鎧武者《よろい》のようであった」

「鎧武者でございますか」

表現に本多政長が困惑した。

「わからぬか。身を守るのに必死だという意味じゃ」

「なるほど。己を殻に包んでいると」

「そうよな。いや、いつ攻撃されるかわからぬゆえ、油断できないというほうが正しいような気がする」

本多政長の理解に、綱紀が言い換えた。

「最初のということは、次がございますな」

「ああ。互いに危害を加えないとわかったところで、鎧を脱いだ。そして出てきたのは、焦《あせ》りであったように見えた」

「ほう、焦り。当代きっての手柄を持つ老中首座さまが」

綱紀の言葉に本多政長が興味を示した。

「堀田家はいろいろと経緯があるからだろう。本家は潰されておるしな」

「本家といえば堀田上野介《こうずけのすけ》さまでございましたな。たしか、幕政批判の上申書を出して、無断帰国した」

幕府の中枢のことを調べておかなければ、どこで足を引っ張られるかわからない。本多政長は堀田備中守の兄のことを知っていた。

「ああ。無断帰国を咎《とが》められて、堀田の本家は改易、分家していた堀田備中守どのも差し控えを命じられた」

綱紀がうなずいた。

大名にとって咎めは軽いものであっても致命傷になる。命にかかわるという意味ではなく、幕臣としての出世ができなくなる。

老中を筆頭とする幕府の役職は多岐にわたるが、それでもすべての幕臣にあてがえるほどの余裕はない。どうしても選抜となる。咎めは、その選抜のときの阻害となった。

「堀田備中守どのは、春日局《かすがのつぼね》さまのご養子である。それが影響したのか、少し干されてはいたが、ふたたび世に出ることがかない、さらに五代将軍として綱吉さまを推したのが幸いし、老中首座まで来た」

綱紀が語った。

「普通ならば、位人臣《くらいじんしん》を極めたと油断するか、天狗《てんぐ》になるものだが、堀田備中守どのは違っていた。焦っていると先ほどは申したが、訂正する。怖れているのだ」

「怖れ……兄のように潰されるかも知れないと」

「たぶんだぞ。さすがに堀田備中守どのではないからの。心のなかまでは見通せぬ」

確かめるように言った本多政長に、綱紀が述べた。

「もともと堀田家は先代の加賀守正盛《まさもり》どのが、三代将軍家光《いえみつ》公の寵愛《ちょうあい》を受けたおかげで大名になった家柄じゃ。そして加賀守正盛どのは、その恩に報いるために、家光さまに殉じた」

四代将軍家綱《いえつな》の補佐をした保科肥後守正之《ほしなひごのかみまさゆき》によって殉死は禁じられたが、いまでも寵愛を受けた家臣は、主君の死出の旅路の供をするのが当たり前だと考えられている。

「兄の家が絶えたため、今は堀田備中守さまが本家となりますな。されば、大名としての堀田家は、まだ二代」

「そうじゃ。そこを堀田備中守どのは、怖れておられるように思う。二代目では、さすがに親戚、一門は少ない。いざというときに援護をくれる大名がない」

「上野介正信《まさのぶ》さまが、そうだったのでございますな」

綱紀の話から、本多政長が推察した。

「うむ。たしかに上野介どのがなされたことは問題だが、救いようはあった。幕府への上申書を使って、真摯《しんし》に御上のことを考えていたとして、罪一等を減じるとか、父の功績に免じて、減封、転地ですませるとかな。最悪、乱心として本人を隠居させ、備中守どののあたりに本家を継がせてもよかった。だが、どの手も取られなかった」

冷たい声で綱紀が言った。

「一族はおらなくとも、知人はいたでしょうに」

本多政長も首を横に振った。

「松平伊豆守信綱《まつだいらいずのかみのぶつな》、阿部豊後守忠秋《あべぶんごのかみただあき》、少なくとも堀田加賀守正盛どのの盟友はいたな」

綱紀が口の端をゆがめた。

「家光さまのもとで同じ小姓から累進し、老中として政《まつりごと》を担当した。家光さまのご遺言で、松平伊豆守は政を、阿部豊後守は家綱さまの扶育《ふいく》を預けられたため、殉死を許されなかった。その二人が幕府の御用部屋にはいた」

「堀田上野介さまが出した上申書は御用部屋宛《あ》て。まずい内容ならば、取り下げさせるか、握りつぶすこともできた。それをせず……」

「堀田家が潰れるに任せた。まあ、上野介どのが愚かなのは確かだ。なぜ、そんな愚かなまねをしたのかはわからぬが、上申書だけならまだしも、無断帰国はよろしくない」

　大名の義務である参勤交代は、その真の目的が財力の疲弊《ひへい》であるとしても、表向きは江戸の防衛のための武力を幕府に提供するというのがお題目である。それを無断で放棄し、国元へ帰った。謀叛と取られてもしかたはなかった。

「不思議でございますな。御用部屋の対応も変ではございますが、なぜ上野介さまの家臣たちはお諫《いさ》めしなかったのか」

　本多政長が首をかしげた。

「言われてみたらそうだな。もし、余《よ》が同じことをしようとしたら、爺が叱《しか》りつけるだろう。いや、それでも強行しようとしたら、余を押し籠《こ》める。急な病だとしてな」

「頭を冷やしていただかなければなりませぬ」

　藩主を無理矢理座敷牢に入れるだろうと言われたが、本多政長は否定しなかった。

「それで、大人《おとな》しくならなかったら、薬石効なくだろうが」

「七千人の藩士、数万の領民を守らねばなりませぬ」

　苦笑する綱紀に、本多政長が淡々と告げた。

「なにが堂々たる隠密だ。爺を疑いの目で見ている連中に、今の言葉を聞かせてやりたいわ」

綱紀がため息を吐いた。

「有象無象なんぞ、どうでもよろしゅうござる」

ばっさりと本多政長が切り捨てた。

「問題は、御上の狙いでございまする」

「たしかにそうだが、他に思いつくことはない」

本多政長の意見に、綱紀が眉間にしわを寄せた。

「臨機応変と行くしかございませぬか」

「任せるというより、頼りにしている。加賀の明日を預ける」

その場その場で対応するしかないと口にした本多政長に綱紀が投げた。

「重いものを背負わせてくださる」

「たまにはいいだろう。余は、毎日この重さに耐えているのだ」

本多政長の苦い顔を綱紀が見つめた。

「いつ出る」

「瀬能待ちでございまする。一応、明日の昼には旅立ちたいと思っておりますが」

問われた本多政長が答えた。

「休みはなしか」

綱紀が目を剝《む》いた。

「かわいそうではございますが、現状であやつを遊ばせてやるほどの余裕はございませぬ」

「越前《えちぜん》で大手柄をたてたのにか。今すぐに使う気はないが、少将どのの詫《わ》び状《じょう》は越前松平家に大きな貸しを作ったのだぞ。留守居役としては十全以上の成果じゃ」

首を左右に振った本多政長に綱紀が驚いた。

「吾が娘を褒賞《ほうしょう》として先渡ししておりますれば」

本多政長がすんでいると答えた。

「押しつけておきながら、褒美だと言うか」

経緯を知っている綱紀があきれた。

「もと旗本ということで、瀬能は金沢で浮いておりまする。このままでは、またぞろ嫁取りにも苦労いたしましょう。それを解決してやったのでございまする。喜ばれこそすれ、恨《うら》まれる覚えはございませぬ。それとも琴では褒美にならぬと」

本多政長が綱紀を見つめた。

「琴が才色兼備だとは知っておる」

綱紀が目を逸《そ》らした。

「それにしても、もう少し気を遣ってやってもよかろうが。数馬と琴はまだ仮祝言《かりしゅうげん》だそうではないか。せめて本祝言を挙げさせ、十日ほどでも一緒に過ごさせてやっても罰は当たらぬぞ」

「その十日が命取りになりかねませぬ」

本多政長が拒絶した。

「そこまで数馬に能力があるとは思えぬが……」

綱紀が怪訝《けげん》そうな顔をした。

「仰せの通り、とても今回の一件を任せるには足りませぬ。ですが、わたくしの補助としてならば、十分に使えまする。ここで厳しく鍛えあげれば、いずれは殿の若君さまの御守役《おもりやく》としても働けましょう」

「加賀藩の未来を託せると」

「はい」

確認された本多政長がしっかりと首肯《しゅこう》した。

「そうか。ならばしかたなし。数馬には苦労してもらおう」

綱紀が認めた。

「ただし、なにもなしで働かすわけにはいかぬ。信賞必罰のできぬ主君は、いずれ家臣の信を失い、亡国の道を歩む」

強い口調で綱紀が宣した。

「瀬能家に加増をくれてやる。琴の嫁入り祝いも含めて、五百石」

「合わせて一千五百石にしてくださる」

「うむ。もう少し手柄を立ててくれれば、家格もあげてやれる。いずれ吾が子の傅育《ふいく》をさせるにしても平士では厳しいだろう」

綱紀が続けた。

加賀藩は藩士たちを大きく七つに分けていた。

本多政長に代表される一万石をこえる門閥《もんばつ》家老七家からなる人持ち組頭、その下で一万石から数千石を誇る人持ち組、そして数馬の瀬能家を含む平士、平士並《なみ》、与力、徒《かち》、足軽であった。

藩で重要な役目とされる家老、用人、町奉行などは平士以上でなければならず、次代の家老職を約束される嫡男御守役は人持ち組から出されるのが慣例であった。

「人持ち組となれば、瀬能の家も他の藩士から忌避されることもなくなりましょう。お心遣いに感謝いたしまする」

娘婿《むすめむこ》の話である。本多政長が代わって礼を述べた。

「ほれ」

話をしている間も筆を走らせていた綱紀が、本多政長に一枚の書付を投げた。

「これは……」

「いざというときに使え。江戸には爺に反発する者もおる。藩の内外を問わずにの。そやつらを黙らせるには、余の委任だという証《あかし》が要る」

「お気遣い、感謝いたしまする」

深々と本多政長が頭を垂れた。

「では、殿。政務の続きをお願いいたしまする。わたくしが留守の間に、これらのことをすべてご達成いただかねばなりませぬので」

「人使いが荒すぎるわ、爺は」

背筋を伸ばして要求した本多政長に、綱紀が泣き言を口にした。

四

大聖寺から夜通し駆けて、数馬たちは金沢に入った。

「このまま、本多家へ」

刑部が、数馬と石動庫之介を本多政長の屋敷へと案内した。

「……殿は登城なされておられるとのことでございまする。部屋を用意いたしますので、ご休息をなされませ」

屋敷の者から状況を聞いた刑部が、数馬たちに休息を薦《すす》めた。

「ただちに風呂と朝餉《あさげ》の準備もいたしますれば。畏《おそ》れ入りますが、一度ですませていただきたく、石動どのもご一緒に」

そう言って刑部が、離れていった。

「疲れたな」

「はい」

客間に通された数馬と石動庫之介が顔を見合わせた。

「しかし、よろしいのでしょうか、わたくしがこのようなお部屋に入れていただいて」

石動庫之介が恐縮していた。

瀬能家の家士でしかない石動庫之介にとって、五万石の本多家は雲の上である。本来ならば、玄関脇の供待《ともま》ちで固い木の床に座って待たなければならなかった。

「おそらくだが、本多さまがお帰りになったら、そのまま江戸へ向かうのだろう。夜通し駆けてきた我らに、少しでも回復をとのお気遣いだろう。遠慮なく、くつろごうぞ」

数馬が萎縮する石動庫之介を宥めた。

「それでも……」

「風呂の用意ができましてございまする」

そこへ刑部が戻ってきた。

「ありがたし。旅塵《りよじん》に塗《まみ》れた姿で本多さまにお会いするのは気兼ねでござった」

数馬が感謝の意を伝えた。

「そう言っていただけると助かりまする。主《あるじ》の無理を代わってお詫びいたしまする」

刑部が安堵《あんど》の表情で頭を垂れた。

風呂の後、卵を落とした湯漬けを食した数馬と石動庫之介は、そのまま横になった。

「……お帰り」

一刻半（約三時間）ほど寝たところで、大声が聞こえた。

「殿」

「……ああ」

剣客としての修業を積んでいるだけに石動庫之介の寝起きはよい。対して、数馬はまだはっきりしない頭を振った。

「主が帰って参りました。どうぞ」

刑部が二人を迎えに来た。

「おかしくはないか」

起きあがった数馬が、石動庫之介に寝癖などがないかどうかを確認した。

「大事ございませぬ。では、わたくしは供待ちへ」

さすがに石動庫之介が本多政長と同席するわけにはいかなかった。

「参ろう」

用意ができたと数馬は刑部を促した。

「すまぬの」

座敷へ入った数馬を本多政長が迎えた。

「いえ。お召しだそうでございますな」

首を横に振った数馬が本多政長に話を促した。

「公方さまが、儂《わし》に会ってやろうと仰せになられたらしい」

「らしい……違うこともあり得ると」

留守居役として言葉の修羅場を潜《くぐ》った数馬が、本多政長の言いかたに引っかかった。

「江戸屋敷の者が、御使者番《ごししゃばん》どのから承ったのだ。幕府からの呼びだしであることはまちがいない。ただ、それが本当に公方さまのご意志であるかどうかまではわからぬ」

本多政長が述べた。

「将軍ではなく、老中あたりからかも知れぬと」

「最初からその懸念を排除するわけにはいくまい」

訊《き》いた数馬に本多政長が応じた。

「わたくしをお連れになるのは、なぜでございましょう。わたくしは参勤のお供で国元へ参りました。来年、殿とご一緒に帰府するのが常だと思いまするが」

数馬が疑問を口にした。

「まず、最初に一つ訂正をしておく。そなたを参勤で国元へ戻したわけではない。そなたは参勤留守居役として金沢までの差配をしただけじゃ」

「では、最初からわたくしはすぐに江戸へ戻る予定であったのでございますか」

「紆余曲折《うよきょくせつ》が多少あったのは認めるが、一年金沢で過ごさせるつもりはもとよりなかった」

「…………」

言われた数馬が黙った。

「江戸は気に入らぬようだの」

不機嫌になった数馬を本多政長が見抜いた。

「江戸におる者は、信用できませぬ」

数馬が苦く頰《ほお》をゆがめた。

「留守居役は、そういったものだ。誰もが自藩の利を考え、どうやって他の藩に損を押しつけるかを考える。まさに役目のなかでもっとも汚いものだ」

あっさりと本多政長が認めた。

「だが、藩にとって必須である。それはわかるな」

「……はい」

渋々ながら数馬が首を縦に振った。

「すでに武力で家を保つ世ではない。今は口舌《こうぜつ》の徒《と》と算盤侍《そろばんざむらい》が尊ばれる。留守居役は、その最たる者であり、留守居役なしで藩は成りたたぬところまで来ている」

「それはわかっておりまする」

留守居役となって一年になるのだ。金沢で下げた頭の数を、江戸ではとっくにこえている。数馬の矜持《きょうじ》など、鼻紙ほどの価値もない。たった一度、数馬が頭を下げなかっただけで、藩がこうむる被害はとてつもないものとなってしまう。

「ゆえに留守居役には、遊所の出入りが許されている。下げたくもない頭を、下げる価値のない相手に下げるのだ。その辛抱たるやどれほど厳しいか。それを藩もわかっているゆえ、吉原《よしわら》で妓を抱くことや妾宅《しょうたく》を構えることを認めている。この財政困難な時期の無駄遣いを勘定方《かんじょうかた》が非難しないのは、老職から止められているからだ。人はどこかで頭を緩めねば、いつか潰れる。そして留守居役が宴席で馬鹿をしでかしてみろ、どれほどの損害が藩に来るか。お手伝い普請一度で藩が消費する金額は、一万両をこえるのだ」

幕府から外様大名に命じられる江戸城修繕、街道の整備などをお手伝い普請と呼んだ。名目はお手伝いだが、幕府は金を出してはくれない。その費用はすべて命じられた外様大名の負担になった。

もともと戦《いくさ》をするだけの金を外様大名から奪い去ることを目的としているお手伝い普請だけに、藩の規模によって負担は変わる。数万石ていどならば、数百両から千両ていどであり、百万石の前田家ともなれば、一万両は要った。

「留守居役十人が、月に五両ずつ浪費したとして、一年で六百両にしかならぬ。一度でもお手伝い普請を避けられれば、十年以上得になる」

「…………」

「もちろん、だから遊んでいいというわけではないぞ。ただ、多少羽目を外しても咎めぬというだけじゃ。そこを誤解すると、小沢兵衛《おざわひょうえ》になる」

小沢兵衛は加賀藩留守居役でありながら、藩の金を横領して出奔《しゅっぽん》、前田家の内情を漏らすことを条件に堀田備中守家に召し抱えられた。のち、綱紀と堀田備中守の和解を受けて、放逐《ほうちく》され、酒井侍従《さかいじじゅう》家を頼るが、武田党の襲撃を受けて殺された。

「留守居役は、韓信《かんしん》の股潜《またくぐ》りができたうえで、己を律する。まさに難役中の難役だ。ゆえに留守居役を務めた者は、後々も引き立てられる」

留守居役を経て、江戸屋敷の用人となる者は多い。

「難役中の難役……」

本多政長の話に、数馬の心が動いた。

「儂は、そなたにならできると思えばこそ、留守居役に推した。このていどのことができぬ者に、娘はくれてやらぬわ」

「本多さま……」

期待していると言われた数馬が感激した。

「付いて参れ、数馬」

「はっ」

号した本多政長に、数馬が応じた。

加賀藩筆頭宿老の本多家は、徳川家康の盟友で軍師だった本多佐渡守正信の次男安《あ》房守《わのかみ》政重《まさしげ》を祖とする。

初代本多政重は、家康の麾下《きか》にあったとき、同僚を喧嘩《けんか》で殺害、咎めを怖れて逐電《ちくでん》し、宇喜多《うきた》家の将として関ヶ原《せきはら》の合戦の後、福島《ふくしま》家、前田家、上杉《うえすぎ》家など外様大名を渡り歩き、前田家に帰参した。大坂の冬の陣では、真田《さなだ》丸《まる》に猛攻を加えたが、多大な犠牲を払って敗退、しかし、これが家康の寛恕《かんじょ》を得るきっかけとなり、陪臣ながら家督相続のおりには、江戸城へ伺候《しこう》、将軍家への目通りが許されるようになった。

とはいえ、大名ではなく、徳川家の忠臣本多佐渡守家縁《ゆかり》の者としての扱いである。江戸への出府も五万石の格式などとんでもなく、それこそ江戸屋敷に置いている者を後で加えて登城するときの形を整えるほどであった。

「これだけでございますか……」

玄関で合流した石動庫之介が、行列の少なさに唖然としていた。

「一万石でももう少し多いだろう」

数馬も驚いていた。

「本多家は大名ではないぞ。格だの見栄だので人数を増やすなど無駄金を増やすだけである」

旅支度を終えた本多政長が出てきた。

「御駕籠は」

「江戸にある」

草鞋《わらじ》と脚絆《きゃはん》でしっかり足下を固めた本多政長が、数馬の問いに不要だと告げた。

「よろしいのでございますか」

数馬が念を押した。

「考えてみろ。駕籠だと、駕籠かきで四人の手が塞《ふさ》がるだろう。襲われることが間違いない道中ぞ、戦力を減らしてどうする」

「はあ」

かえって本多政長に諭《さと》された数馬が、なんともいえない表情をした。

「歳老いたがの。これでも戦場往来の武者であった父政重の薫陶《くんとう》を受けておる。槍の振るいかたくらいは心得ておる」

寛永八年（一六三一）生まれの本多政長は、今年で五十一歳になる。それでも足腰は矍鑠《かくしゃく》としていた。

「なにより、頼れる娘婿がおるのだ。安心して旅を楽しめよう」

「もちろん、義父上さまに近づけもいたしませぬが……」

そう言われてはこう答えるしかない。数馬が胸を張った。

「よし、参るぞ。今日中に高岡《たかおか》へ着く」

本多政長が歩き出した。

五

五代将軍綱吉は、堀田備中守の政務報告を受けていた。

「……以上でございまする」

「うむ。すべて備中に任せる。よきにはからえ」

綱吉が堀田備中守の考えを認めた。

「畏れ入りまする。では、これにて」

「待て、備中」

平伏して下がろうとした堀田備中守を綱吉が引き止めた。

「なにか御用でございましょうか」

堀田備中守が顔をあげて、綱吉を見た。

「徳松《とくまつ》がことじゃ。徳松も神田館《かんだやかた》から西の丸へ移って、一年になろうとしておる。そろそろ佳《よ》き日を選んで、元服をさせたいと思う」

綱吉が言った。

徳松は綱吉の嫡男である。延宝《えんぽう》七年（一六七九）に生まれ、父が将軍継嗣となったため二歳で館林《たてばやし》藩主となり、さらにその年、綱吉の将軍宣下を受けて西の丸へ入った。

「徳松さまに加冠《かかん》の儀《ぎ》を」

「そうじゃ。徳松は立派に将軍世継ぎとして過ごしておる。天下に将軍家は次代も安泰だと報《しら》せる意味でも、慶事は早めにすべきであろう」

確認した堀田備中守へ綱吉が述べた。

「畏れながら、徳松さまは三歳になられたばかりでは」

「大事ない。徳松は二歳で館林藩主を立派に務めた。三歳であろうとも将軍継嗣として十分やっていけよう」

さりげなく懸念を表した堀田備中守に綱吉が返した。

「承知いたしました」

「おおっ、話を進めてくれるのだな」

「いえ、右筆《ゆうひつ》どもに命じまして、前例をまず調べさせまする」

身を乗り出した綱吉に、堀田備中守が首を横に振った。

「前例だと。そのようなものは不要であろう」

綱吉の機嫌が悪くなった。

「幕府は、七歳になっておらねば家督相続を認めて参りませんでした」

堀田備中守が理由を話し始めた。

幕府創設以来、徳川家は諸大名の家督相続を厳しく制限してきた。浪人どもが糾合《きゆうごう》して謀叛を企《たくら》んだ慶安《けいあん》の変を受けて、末期養子の禁は緩和されたが、それ以外でも制限は続けている。その一つが七歳にならぬ男子の家督を認めないというのがあった。

「大名は領地を無事に治め、いざというときには兵を率いて幕府のために戦う義務がある」

幕府が定めた大名の義務を果たすに、あまりに幼いと十分ではないと考えていたからである。もちろん、本音は大名を減らし、その領土を召しあげて幕府財政を豊かにするためだが、正論には違いなかった。

それを幕府が破る。

たしかに幕府は老中や若年寄などの役人によって運営されており、将軍が直接政にかかわることはない。だから三歳の子供でもやってはいけるが、それは大名家も同じなのだ。

藩主が赤ん坊でも家老や用人がしっかりしていれば、藩政は揺らがず、戦場へ兵を送るとなっても、番頭が代行すればすむ。

いわば、言いがかりで大名を潰してきた幕府が、その源を崩す。

もし徳松の元服を認めればそれは大きな前例を作ることになり、三歳で元服さえしていれば家督相続を認めなければならなくなる。

堀田備中守はそれを危惧《きぐ》していた。

「いえ、前例があれば、御三家や譜代の者たちも……」

それ以上は口にできない。堀田備中守が口ごもった。

「三家や譜代が文句を言うと申すか」

綱吉が堀田備中守の気遣いを無にした。

「言わさぬためでございまする」

「むうう」

語気を強めた堀田備中守に、綱吉が詰まった。

「上様のなさることに、何一つ異が出てはなりませぬ。そのために、徳川家のみならず、室町、鎌倉の故事まで調べ、幼き方が継嗣として元服なされた前例を探るのでございますれば、今しばしのお待ちを」

「……わかった。待つ」

堀田備中守の説得に、綱吉が不承不承ながらうなずいた。

「かたじけなきことでございまする。では、早速にも」

もう一度手を突いて、堀田備中守が下がっていった。

「……誰ぞ、大久保《おおくぼ》加賀守をこれへ」

しばらくして綱吉が、小姓に命じた。

「お召しに応じましてございまする」

すぐに老中大久保加賀守忠朝《ただとも》が御座の間へと現れた。

「よくぞ参った。用というほどではないがの、少し聞いてもらいたいことがある」

「なんでございましょう」

綱吉の要望を大久保加賀守が受けいれた。

「さきほど……」

堀田備中守との遣《や》り取《と》りを綱吉が語った。

「徳松さまにご元服を。それは佳きお話でございまする」

大久保加賀守が称賛した。

「であろう。兄家綱に世継ぎがいなかったことで、世の乱れが起こった。貴《たっと》き系統に口出しなどできぬ家臣の分際でありながら……」

綱吉が憤慨の余り黙った。

「酒井雅楽頭《うたのかみ》でございまするな。五代将軍として京より宮家をまねこうなどという不忠を企んだ」

「そうじゃ。あれも兄に世継ぎがいなかったからである。二度とあのような不埒《ふらち》なまねをする家臣が出ぬようにするには、将軍の世継ぎがあるということを誰の目にもわかるように明確にするにしかず」

「まことに」

綱吉の言いぶんを大久保加賀守が認めた。

「どのようなお名前をお考えでございましょう」

大久保加賀守が興味を見せた。

「徳松の諱《いみな》か。そうよな。将軍を継ぐならば、まず家の文字は要る。父が家光、兄が家綱であったからの、家を栄えさせるという意味で、家栄《いえひで》もよいな」

「家栄さま、なんともよい名でございまする」

大仰に大久保加賀守が感動した。

「嫡男には家がつく。嫡男以外には家がつかぬ」

綱吉の声が暗くなった。

三代将軍家光の弟は忠長《ただなが》であったし、四代将軍家綱の弟は綱重《つなしげ》と綱吉であり、家という文字は使われていない。家という字は徳川にとって大きな意味を持つ。

「躬には家という文字がない」

綱吉がうつむいた。

「お名を変えられてはいかがでございましょう」

あわてて大久保加賀守が言った。

「……そうよな。躬は将軍じゃ。諱くらい変えても文句は言われぬな」

一気に綱吉の機嫌が良くなった。

「では、徳松さまのご元服に合わせて、上様もお変えになるというのは」

「慶事を重ねるか。見事である、加賀守。やはりそなたでなければならぬな。代々の譜代は、将軍家に対する崇敬を知っておる。二代ていどの成り上がりでは、どうしても躬の意を汲《く》めぬわ」

綱吉が大久保加賀守を褒《ほ》め、堀田備中守をけなした。

「お誉《ほ》めに与《あずか》り恐悦至極」

大久保加賀守が恐縮した。

「どのような名がよいかの。家吉《いえよし》では、いささか軽いか」

綱吉が思案を始めた。

「僧侶に選定させ、そのなかから上様がお気に召したものをお選びになられれば」

「なるほど、僧侶にか。古典故事に詳しい者ならば、佳い名を考えてくれるか」

大久保加賀守の提案に綱吉が手を打った。

「徳松さまにふさわしい、ご長命な御名を選ばせましょうぞ」

「であるな。加賀守、名付けの得意な僧侶を見つけて参れ。それと加賀のことも……の」

「お任せ下さいますよう」

綱吉の指図に、大久保加賀守が平伏した。

大久保加賀守の中屋敷に、富山藩の家老であった近藤主計《こんどうかずえ》が軟禁されていた。

「前田綱紀を殺せば、加賀藩は富山藩主の前田近江守正甫《おうみのかみまさとし》に継がせてくれる。そうなれば、そなたも立身は思いのままぞ」

そう唆《そそのか》された近藤主計は仲間と語らって、参勤交代の途上加賀藩主がかならず参拝する高岡の瑞龍寺《ずいりゆうじ》で綱紀を待ち伏せした。しかし、瑞龍寺の歴代藩主の墓守である火灯《ほあか》り人《にん》と数馬たちによって、襲撃は失敗、報復を怖れた近藤主計は、富山を逃げ出し、大久保加賀守の庇護《ひご》を求めた。

六

「近藤主計であったかの」

夕刻、中屋敷まで来た大久保加賀守が、近藤主計を呼び出した。

「はっ。加賀守さまには初めてお目通りを願いまする」

近藤主計が額を床に押しつけた。

「面をあげてよい」

身柄を保護してもらっている立場の近藤主計の卑屈な態度に、大久保加賀守がため息を吐いた。

「かたじけなき仰《おお》せ」

近藤主計が顔だけを大久保加賀守に向け、仰《あお》ぐように見上げた。

「ふん。まあよい。そなた、加賀の本多の顔を存じておるな」

「もちろんでございまする」

問われた近藤主計がうなずいた。

「よし。ならば、そなたに一つ用を命じる」

「なんなりとお申し付け下さいませ」

大久保加賀守の言葉に、またも近藤主計が腰を深く折った。

「板橋《いたばし》まで出向き、まもなく加賀から来る本多が、本物かどうかを確かめよ」

「ほ、本多が……」

言われた近藤主計が思わず大きな声を出した。

「どうした」

大久保加賀守が怪訝な顔をした。

「なぜ、本多が江戸へ。本多は国元の筆頭宿老であったはず。お届けなしの国家老出府は罪では」

「届け出なしの出府といえば、そなたもだぞ」

「も、申しわけありませぬ」

からかった大久保加賀守に、近藤主計があわてて謝罪した。

「よい。気にするな。なあに、上様に召し出していただいたのよ」

「上様の……」

近藤主計が首をかしげた。

「そろそろ加賀を本式にどうにかせねばならぬとのご諚での。なにせ前田綱紀は、上様と将軍の座を争った慮外者《りよがいもの》じゃ。上様としてはお子さまもまだ幼いゆえ、前田綱紀が生きていることにご不快であられる」

「上様がご不快……」

聞いた近藤主計の表情が変わった。

「綱紀がいなくなったあとは……」

「富山の近江守に継がせてもよい。ただし、富山は召しあげるぞ。合わせてとなれば、百二十万石に近くなるゆえの」

窺うような近藤主計に、大久保加賀守が告げた。

「当然でございまする」

近藤主計が強く同意を示した。

「ですが、それと本多を召し出すのとは、どういった関係がございましょう」

「わからぬのも無理はない。そなた、本多があの佐渡守の末だとは知っておるな」

尋ねた近藤主計に大久保加賀守が確かめた。

「もちろんでございまする。堂々たる隠密の名前は、天下に鳴り響いておりますれば」

近藤主計が首肯した。

「そう、堂々たる隠密、いわば、獅子身中の虫だの」

「はい。なぜ加賀の前田は、あのような者を重用いたしておるのでございましょう。五万石を与えるなど……」

近藤主計が憤《いきどお》った。

「それはな。御上の、幕府の機嫌を取るためじゃ。徳川の家にかかわりある本多家を厚遇することで、加賀の前田家は異心を抱いていないと表明しているのじゃ」

「鳴子は要りませぬと」

「よくわかったの。五万石といえば、ちょっとした譜代大名じゃ。それが金沢城下に兵を率いて駐しておるとなれば、謀叛など考えようもないであろう。加賀が百万石で七千人の藩士がおると申したところで、江戸に数千人定府させ、領内にも散らばせておるのだ。実際に兵を挙げるには足りなすぎる。かといって集め出したら、すぐに気づかれて幕府へ報されてしまう」

大久保加賀守が続けた。

「これが一万石ていどならば、本多の家臣を全滅させることも容易だが、五万石となればさすがに難しい。あの石高が、加賀の前田の気遣いであり、徳川家への臣従の証」

「たしかに、仰せの通りでございまする」

大久保加賀守の説明に、近藤主計が納得した。

「さて、そなたの最初の疑問に戻るが……」

じっと大久保加賀守が近藤主計を見つめた。

「そなたはなぜ、本家の当主を害そうとした」

「……それはっ」

不意討ちを受けた近藤主計が詰まった。

「処遇に不満があったからであろう」

近藤主計の答えを待たずに、大久保加賀守が口にした。

「……さようでございまする」

正解に近藤主計がうなだれた。

「近藤家は本家にあったとき、一万石をこえていた。それが富山の分家へ附《つ》けられたことで数千石まで減らされた。それが気に入らなかった」

「…………」

念を押した大久保加賀守に近藤主計は無言で肯定した。

近藤主計の先祖は前田利家のころから仕え、その篤実《とくじつ》な性格を買われて利長の扶育《ふいく》も預けられた近藤甲斐守《かいのかみ》である。その近藤甲斐守の息子大和守長広《やまとのかみながひろ》は利長の側近として活躍し、一万四千石を食《は》むまでになった。しかし、大和守長広の孫が家督を相続したとき、家禄を一気に三千石まで減らされ、さらに富山藩への移籍を命じられた。近藤主計はその大和守長広の曾孫にあたる。曾孫といっても養父近藤善右衛門《ぜんえもん》に跡継ぎがなかったため、養子となって家を継いだ。

「世が世なれば一万四千石の大身だった。それが、三分の一にもみたぬ三千七百石であったかの」

大久保加賀守が近藤主計を見続けた。

「ご存じでございましたか」

「当たり前じゃ。下調べもせずに、密談を持ちかける者などおるか」

愕然《がくぜん》としている近藤主計を大久保加賀守が叱《しか》った。

「まあ、そなたのことはどうでもよいわ。今のそなたは先祖の禄どころか、首さえ危ないのだからな」

「…………」

本家の藩主の命を狙ったのだ。謀叛と同じ扱いになり、近藤主計は加賀藩士に見つかり次第、討ち果たされて当然であった。

「上意討ちが……」

「出ておるであろうな。富山藩としては、そうでもせねば本家の怒りをなだめられぬ」

問うような近藤主計に大久保加賀守があっさりと言った。

近藤主計は富山藩の家老職であり、加賀の前田家の家臣ではない。富山の前田家は、加賀藩の分家には違いないが、参勤交代をする一大名でもある。いかに本家とはいえ、近藤主計の主君ではなく、上意討ちにはできない。もちろん、討手を出し、討ち取ることはできる。内容が内容だけに、幕府も加賀藩の行動を咎めるわけにはいかない。それをすれば、将軍家へ陪臣が手出ししたとき、徳川家はなにもできないとなってしまうからだ。

とはいえ、上意討ちではないため、面倒な事後処理をしなければならない。討ち果たした場所の町奉行や代官への報告、その地を支配している大名あるいは旗本などの事情聴取など、正当な行為であると認められるまで、討手は拘束《こうそく》される。さらに他藩や幕府とのもめ事にならぬよう、江戸での根回しも要る。つまり、金がかかった。

対して上意討ちは、どこの藩でも起こりうるものであるので、相身互いとしてすませるのが慣例であった。一応、上意討ちを出しているかどうかの確認くらいはされるが、さほど手間のかかるものではなかった。

「ひえっ」

上意討ち、これは藩士にとって、いや、武士にとって死罪の宣告であった。上意討ちの命が出た段階で、近藤主計の帰藩はなくなった。どころか士籍も削られ、武士の身分も剝奪《はくだつ》される。武士とは両刀を差す者ではなく、主君を持つ者だからだ。

「失敗すれば、そうなるとわかっていたのであろう」

「それは……」

大久保加賀守の正論に、近藤主計は反論できなかった。

「ですが、ご老中さまが……」

「余の責任《せい》にする気か」

誘ったのはそちらではないかと言いかけた近藤主計を大久保加賀守がにらみつけた。

「…………」

「力不足であっただけだろうが。そちらが藩をあげてやっていれば、前田加賀守くらいは害せたはずじゃ。少なくとも傷くらいは負わせられただろう」

黙った近藤主計に大久保加賀守が厳しい指摘を続けた。

「同志を集めきれなかったのは、そなたに人望がないからだ。そして、戦いで成果を出せなかったのは、武に欠けているからだ」

「ううっ」

欠点をあげられた近藤主計が泣いた。

「とはいえ、声をかけたのは余であるしの。このまま放置するのはちと哀れすぎる」

「……加賀守さま」

すがるように近藤主計が大久保加賀守を見た。

「手伝え。本多を罠にはめ、加賀を落とす」

「本多を罠に。やりまする。いや、やらせてくださいませ」

近藤主計が勢いこんだ。

「その意気やよし。働き次第だが、仕官を世話してやる」

「仕官のお世話……加賀守さまにお仕えするのではございませぬので」

大久保加賀守が言った内容に近藤主計が怪訝そうな顔をした。

「上意討ちの出ている者を、老中が抱えるわけにはいかぬ。老中は、幕府の鑑《かがみ》ぞ。清廉潔白でなければならぬ」

「で、では……」

寄らば大樹の陰が使えなくなると知った近藤主計が情けない声を出した。

「そのような顔をするな。まったく、それでも武士か」

大久保加賀守があきれた。

「…………」

ため息を吐かれた近藤主計が肩を落とした。

「かと申して、加賀と富山を相手取ってくれるほどの者はおらぬな」

大久保加賀守が気づいた。

近藤主計を召し抱えるということは、加賀の前田、富山の前田の両方を敵に回す。

当たり前だが、両家から近藤主計の引き渡し要求が来る。それをはねのけなければ、家臣もかばえぬ肚《はら》なしの主《あるじ》として、世間から笑われてしまう。

「わかった。上様にお願いしてやろう。旗本としてお仕えできるようにな」

加賀の前田であろうとも、旗本に手出しはできない。大久保加賀守が名案だとうなずいた。

「そ、それでは、わたくしが直臣に」

近藤主計が急に顔をあげた。

「かたじけのうございまする。この近藤主計、加賀守さまのために命を賭《と》して、お役に立ちまする」

「しっかりと成果を出せ」

平蜘蛛《ひらぐも》のようにつくばった近藤主計を大久保加賀守が冷たく見下ろした。

第二章　執政の覚悟

一

本多政長の一行は高岡《たかおか》で一泊したあと、富山で休息を取った。

「申しわけございませぬ」

富山の藩境で出迎えた家老が本多政長の前に深く腰を折って詫《わ》びた。

「恥じよ。若い家老一人抑えきれぬなど、藩を預かるに足りぬ」

冷たい声で本多政長が弾劾《だんがい》した。

「まこと、お言葉のとおりでございまする。殿のご裁可が下り次第、宿老《しゅくろう》、組頭、用人のすべては職を辞しまする」

家老が責任を取って辞めると答えた。

「それだけですむと……」

本多政長はそれだけで納める気はないと告げた。

「………」

これ以上となると家老の独断ではできない。藩としての利害にかかわってくるからだ。

「江戸へ早馬を出せ。前田近江守《おうみのかみ》さまに本多政長がお目通りを求めていると、お報《しら》せいたせよ」

「殿と直接……」

家老の顔色が変わった。

「そなたではできぬのだろう。ならば、近江守さまと話すしかなかろう」

「なんとか国元で話を……」

家老が渋った。

本家の宿老とはいえ、家臣筋でしかない。その家臣から主君が咎《とが》めを受けるなど、家老としては認められなかった。

「そうか。では、儂《わし》は近江守さまと会わぬ。その代わり、我が殿と近江守さまの間で交渉をしていただくことになる」

「……っ」

襲われた当人、しかも本家の当主である。その怒りはすさまじい。

「家臣さえ把握できぬのならば、領地などは扱えまい」

さすがに独立した大名として幕府に認められている富山藩を独断で吸収はできないだろうが、隠居して、本家の余っている男子に藩主の座を譲れくらいは言われる。そして、それを断ることは前田近江守にはできないのだ。

「このようなことがございました」

幕府へ綱紀が届け出れば、富山藩は改易になる。もっとも本家と分家の争い扱いになるため、家中不行き届きで綱紀も罰せられるが、富山藩の領地を幕府へ献上するくらいですむ。

「富山藩は千人足らずかの。それが全部浪人になる」

本多政長が止《とど》めを刺した。

「お、お待ちを……」

家老が蒼白になった。

この会談は、本多政長と家老だけでおこなわれているものではない。本多政長の側には数馬や刑部《おさかべ》が控え、家老にも数名の富山藩重職が付いてきている。ここでの会話は秘密にできないのだ。

「家老が断ったから、藩が潰《つぶ》れた」

今回の供に来ている者から、話は漏《も》れる。責任を家老一人に押しつけないと、己《おのれ》たちも恨《うら》みを買ってしまう。

「おまえのせいで……」

藩が潰れるとなったら、家老も足軽もない。誰もが禄《ろく》を失い、浪人になる。しかも本家の当主を襲った謀叛人《むほんにん》の同僚となれば、まず、新しい仕官先は見こめない。家老や組頭などの高禄だった者はまだいい。少なくない金を蓄えているだろうし、重代の家宝もある。一年や二年食べていくのに苦労はしないが、百石もない下級藩士や足軽などはそれこそ明日から喰《く》うに困る。飢《う》え死《じ》にするくらいなら、道連れにと考える者が出るのは当然であった。

「ただちに、早馬を」

家老が折れた。

「どのような話になりましょう」

子供の使いではない、家老が使者に持たせる手紙に本多政長の用件を記したいと言った。

「近藤を抑えきれないような者に、話せるか」

冷たく本多政長が突き放した。

「……………」

家老が黙った。

「瀬能、行くぞ」

「はっ」

「えっ、城に夕餉《ゆうげ》を用意いたしておりまするが……」

立ちあがった本多政長と数馬に、家老が啞然《あぜん》とした。

「これ以上、無駄な時間《とき》を使えと申すのか」

本多政長が家老をにらみつけた。

「そ、そんなつもりは……お疲れではないかと」

家老がおたついた。

「疲れているわ。馬鹿の後始末でな」

「……………」

「おまえたちは、本当にわかっているのか。近藤一人の責任ではないのだぞ。富山藩士が語らって、本家の殿を害しようとした。しかも殿にはいまだ跡継ぎがいない。つまり、殿を害したあと、近江守さまが本家を継ぐということもあり得た」

「あっ……」

家老が小さな声をあげた。

「ようやくわかったか。藩をあげて、富山は加賀と敵対した。そう取られてもしかたのないことをやったのだ」

「そんなことはございませぬ。ただ、近藤一人の……」

「何人か、近藤と同心した者がいたそうだな、瀬能」

否定をしようとした家老を、本多政長が無視して数馬に話しかけた。

「はい。かなりの数がおりました。拙者も何人かと刃《やいば》を交わしております る」

問われた数馬が答えた。

「…………」

「これでも近藤の独断と言い張るか。なんならば、討ち果たした者どもの死体を富山城の大手に並べてもよい」

言葉を失った家老に本多政長が怒りを露わにした。

「……お詫びのいたしようもございませぬ」

家老が深々と腰を折った。

「そなたは言われたことだけしていればいい。要《い》らぬことをするな」

本多政長が釘を刺した。


富山藩の家老たちを置き去りにして、数馬たちは北国《ほっこく》街道を越後《えちご》高田《たかだ》へと進んだ。

「よろしかったのでございますか」

歩きながら数馬が問うた。

「ああ、厳しすぎると見えたようだの」

本多政長が数馬の疑問を読み取った。

「富山藩に余計な恨みを持たせることになるのでは」

「儂を恨むならば、恨めばよい」

あっさりと数馬の懸念を、本多政長が認めた。

「しかし、同じ前田の系譜に連なる者、あまり厳しくなさるのは……」

「甘いぞ、瀬能。それは優しさではない」

本多政長が数馬をたしなめた。

「……………」

「わからぬか。先ほどの家老を見て気づかぬとは、まだまだ他人を見る目ができておらぬの」

小さく本多政長が息を吐いた。

「先ほどの家老の様子……」

数馬が思い出そうとした。

「他人事であったろう」

待ちきれなかったのか、本多政長が言った。

「ずいぶん詫びておられたように見えましたが……」

最初から平身低頭であったと数馬には見えた。

「藩をあげてとは言わぬが、同じ家老が謀叛を起こしたのだ。無事に殿はやり過ごされたとはいえ、それですむという話ではない。なにより、近藤主計《かずえ》を逃がしてしまったのだぞ。たしかに前田近江守さまは江戸表ゆえ、独断はできぬとはいえ、いまだ上意討ちも出していない」

「それはいたしかたないことでございましょう」

上意討ちは主君だけが出せるもので、家老では無理であった。

「たしかに上意討ちは無理でも、藩から討手を出すことくらいはできよう。近藤主計が逃げたと知ってすぐに捜索を始めていれば、どこに向かったかくらいはつかめていたはずだ。だが、それの報告はなかった」

「たしかにございませんでした」

本多政長に言われて、数馬も気づいた。

「つまり、なんの手も打っていないということだ。まあ、江戸へ報せるくらいはしているだろうがな」

「それは酷《ひど》い」

数馬もあきれた。

「なにより……」

一度本多政長が言葉を切った。

「……生きているのが問題だ」

「うっ」

本多政長の言った意味を数馬は理解した。

「近江守さまにことの責任を取らせるわけにはいかぬだろうが。ならば、国元を預かっている国家老が切腹して、ことをそこで終わらせねばならぬ」

「国家老が切腹……」

数馬が息を呑《の》んだ。

「そうだ」

強い目で本多政長が首肯《しゅこう》した。

「藩主公に累《るい》が及ぶのはなんとしても防がなければならぬ。それはわかるな」

「わかりまする」

武士は主君を守るためにある。これは武士が誕生して以来変わらぬ意義であった。

「詫び状や、金、ものなどで話がすむときはいい。だが、今回のような場合は、後始末の方法が決まってくる。第一は、言わずもがなの近藤主計の捕縛と引き渡しだ。生きて引き渡し、加賀藩で処刑させるのが最上だが、首を塩漬けにして届けるでもよい。ようは手を直接下した者を処罰する」

「はい」

「もう一つは、家老職の命だ。家老職が切腹して、殿に詫びる。これが必須ぞ」

「…………」

「藩を取りまとめるのが家老の仕事。それができなかった責は負わねばならぬ。これも上に立つ者の義務だ」

本多政長が足を止めた。

「これだけは覚えておけ。藩主は家だ。藩主が咎められれば家が潰れる。それはなんとしても避けねばならぬ。となれば、誰が責任を負う。国家老筆頭であろう。筆頭という肩書きは、いざというときには責任を取るという意味が含まれている。もちろん、すべての責任ではないぞ。足軽がもめたくらいならば、足軽頭が叱責されるくらいで終わるし、勘定方《かんじようかた》が金をごまかしたなら、勘定奉行が職を辞せばすむ。藩として、家としての責任を取らねばならぬとき、筆頭家老、筆頭宿老は切腹せねばならぬ」

「……ごくっ」

歩みを止めて聞いていた数馬が、本多政長の決意に息を呑んだ。

「その覚悟を持っておらぬ者が筆頭の地位にある藩など役にたたぬわ」

本多政長が大きく首を横に振った。

「畏《おそ》れいりましてございまする」

筆頭宿老の覚悟を見せられた数馬が、感服した。

「なにを申しておる。そなた他人事だと思っておらぬか」

「えっ」

言われた数馬が驚いた。

「登ってこい、瀬能。加賀を守るために。留守居役《るすいやく》というのは、内への責任を負う家老とは逆に、外への責任を負う。藩に影響を及ぼさぬために、腹を切るのは留守居役も同じでなければならぬ」

真剣な眼差しで本多政長が数馬を見つめた。

「そして、留守居役で学んだことを糧に、藩政に加われ。いつでも腹を切るだけの覚悟を持った者としてな」

「……心《しん》いたしまする」

数馬が真摯な眼差しで答えた。

「うむ。では急ぐぞ。少しでも早く江戸に入り、いろいろと調べなければならぬ。臨機応変で行かねばならぬのはたしかだが、なにも知らぬのとわずかでも状況を知ることができるのとでは、大いなる差を生む。刑部、先頭を預ける。いけるときは夜旅も厭《いと》わぬ」

「はっ」

本多政長の決断に、刑部たちが従った。

二

旗本五千石横山内記《よこやまないき》長次《ながつぐ》のもとに、五代将軍綱吉からの召し出しが来た。

「本日、昼八つ（午後二時ごろ）黒書院《くろしょいん》にて、待てとのご諚《じょう》である」

「午後から……」

使者から時刻を聞いた横山内記長次が絶句した。

幕府には慶事は午前、凶事は午後という習慣があった。もちろん、すべてがそうだというわけではないが、人情として良いことは早く報せ、悪いことは少しでも遅くと思うことから、慣例となっていた。

「参上つかまつりまする」

だからといって将軍の呼びだしを拒むことなどできるはずもない。

横山内記長次はうなずくしかなかった。

かつて内記長次は酒井雅楽頭《うたのかみ》の命《めい》を受け、綱紀を五代将軍とすべく動いていた。なんとか酒井雅楽頭の失脚には巻きこまれずにすんだが、いつ咎めを下されても不思議ではなかった。

悄然《しょうぜん》として登城した内記長次は、綱吉の前で這《は》いつくばった。

「上様におかれましては、ご機嫌麗《うるわ》しく、横山内記お慶び申しあげまする」

「面《おもて》をあげよ」

普通ならば、将軍からねぎらいの言葉が返ってくる。しかし、綱吉は冷たい声で顔を見せろと命じた。

「…………」

内記長次が恐る恐る顔をあげた。

「そのような面であったか。おもしろくもなし」

綱吉がつまらなそうに言った。

「も、申しわけもございませぬ」

難癖であっても相手は将軍である。内記長次が詫びた。

「そなた、躬《み》に申すことがあろう」

「……ごくっ」

本題に来たと内記長次が息を呑んだ。

「ご無礼をいたしましたこと、深く深く反省をいたしておりまする」

「無礼のう。あれが無礼ですむならば、謀叛は気の迷いで終わろう」

額を畳に押しつけた内記長次が震えあがった。

「そなたの妻だがな。伊丹播磨守《いたみはりまのかみ》の娘じゃそうだの」

「……はっ、左様でございまする。妻がなにか」

叱《しか》られるか、咎められるかと緊張していた内記長次が、予想外の問いに驚いた。

「伊丹播磨守といえば、本多家にとって仇敵じゃな」

「本多上野介《こうずけのすけ》さまのことでございましょうや」

綱吉に言われた内記長次が確認した。

「そうじゃ。宇都宮《うつのみや》城主であった本多上野介の詰問使《きつもんし》を務めた」

「はい。そのように聞いておりまする」

内記長次が平伏したままで答えた。

伊丹氏は、摂津《せっつ》の国人領主であったが没落、今川《いまがわ》氏、武田氏を経て、徳川家へ仕えた。諱に家康《いえやす》の康を与えられていることからもわかるように、播磨守康勝《やすかつ》への信頼は厚く、二代将軍秀忠のもとで勘定《かんじょう》頭《がしら》、佐渡《さど》奉行など、幕府の財政を担った。本多佐渡守正信の嫡男《ちゃくなん》上野介正純《まさずみ》とも面識があり、その謀叛騒ぎのときには秀忠の意を受けた上使として出向き、厳しい尋問をおこなった。結果、本多上野介の罪が確定し、宇都宮藩は改易、徳川家の謀臣として知られた本多佐渡守家没落を招いた。後、これらの功績から甲斐《かい》徳美《とくみ》藩一万二千石の大名に出世していた。

「播磨守のせいで、本多佐渡守家は幕臣として終わった」

「…………」

綱吉がなにを言いたいのかわからない内記長次が黙った。

「のう、内記。そなたも本多佐渡守家とかかわりがあるの」

「加賀の本多のことでございましょうや」

「そうじゃ。そなたの本家は、加賀藩の家老であろう」

「はい」

内記長次が認めた。

「義父がし残した本多の系譜をそなたが断て」

「……それはっ」

綱吉の命《めい》に、内記長次が驚愕《きょうがく》した。

「まだ返事をせずともよい。躬の話は終わっておらぬ」

「………」

最後まで聞けと言われた内記長次が口をつぐんだ。

「本多をの。潰すについては、前田が邪魔になろう」

「まさかっ……」

内記長次が気づいた。

「百万石じゃからなあ。大手柄よの。そなたの傷など、躬は忘れはてる。いや、褒《ほ》めてやろうぞ。そうよなあ、いつまでも旗本が、陪臣《ばいしん》の分家というのはよろしくない。

本家の横山が二万七千石ほどであると聞いたゆえ、三万石……」

「だ、大名にしていただけると」

褒賞《ほうしょう》に内記長次が反応した。

「いや、本多を潰すのじゃ。本多のぶんをくれてやろう」

「五万石……」

内記長次が驚きのあまり、呆然《ぼうぜん》とした。

「ただし、加賀の前田を潰せたらじゃ。しくじったときは、二度と目通りはかなわぬものと思え」

綱吉が厳しい声を出した。

「は、ははあ」

雷に打たれたように、内記長次が震えあがった。

将軍の直臣たる旗本が、目通りできない。これは家督相続にまでかかわってくる大事であった。

「よいな」

念を押して、綱吉が黒書院を後にした。

「……どうすれば」

内記長次が一人、慌てた。

「横山」

戸惑っている内記長次に、陪席《ばいせき》していた老中大久保加賀守が近づいた。

「ご老中さま」

「上様のご下命じゃ。きっと果たさねばならぬ。とはいえ、なかなかに難しい。なにせ百万石を相手にするのだからの」

「……いかようにいたせばよろしいのでございましょう」

内記長次が大久保加賀守にすがった。

「余《よ》も手伝ってやりたいが、これはそなたの愚かな行動を許すために上様がくださった機会である。余が表に出ては意味がない」

「…………」

「情けない顔をいたすな。直接の手助けはしてやれぬが……そなたに一つだけ教えてやろう」

「一つお教えくださるとは、どのようなことでございまするか」

ぐっと内記長次が身を乗り出した。

「先日、加賀藩上屋敷が無頼の集団に襲われた。どうやら家中の者にも死者が出ているようだ。御上への届けはすんでおるが、詳細は隠しておる。表門が破られたあるいは、家中の侍が無頼に敗れて死んだなどがあきらかになれば……」

大久保加賀守が囁《ささや》くように告げた。

「かたじけのうございますが、わたくしは前田家より出入りを禁じられておりまする」

屋敷に入ることはできないと内記長次が落胆した。

「本家を使え。本家を。今、前田加賀守は国元じゃ。江戸でもっとも偉いのはそなたの本家であろう。本家がそなたの出入りを認めれば、金沢から指示が来るまではいえ、屋敷に入りこめようが」

「おおっ、かたじけなし」

大久保加賀守の助言に、内記長次が歓喜した。

加賀藩江戸上屋敷に、筆頭江戸家老横山大膳玄位《だいぜんはるたか》が出務してきた。

「……今ごろ、なんだ」

前触れを報された江戸次席家老村井次郎衛門《むらいじろうえもん》が嫌そうに頬《ほお》をゆがめた。

横山玄位の曾祖父長知《ながちか》が徳川家から謀叛を疑われた前田利長《としなが》の弁明をして、ことを収めた功績をもって門閥《もんばつ》家老となった。また、徳川家康と交渉をした縁で長知が次男長次を人質として差し出した経緯もあり、横山家は幕府とも近く、筆頭江戸家老の役を代々受け継いできていた。

「殿にお叱《しか》りを受けたであろうに」

村井が怪訝《けげん》な顔をした。

幕府との関係が徒《あだ》となり、先年の綱紀将軍継嗣《けいし》の問題では、酒井雅楽頭忠清《ただきよ》の意を受けた一門の旗本横山内記長次に踊らされて加賀藩に内紛を起こしかけ、綱紀から慎んでおけと叱責されて、横山玄位は屋敷に引き籠《こ》もっていた。

その横山玄位が、綱紀のいない江戸屋敷へ顔を出した。次席家老として江戸屋敷を実際に差配している村井が不審な思いを抱くのは当然であった。

「村井」

加賀藩上屋敷の表御殿御用部屋に、横山玄位が入ってきた。

「これは、横山さま。いかがなされました」

若年だとか、殿から叱られたとか、事情はどうあれ、相手は筆頭家老である。村井がすばやく上座を譲った。

「無頼に屋敷を侵《おか》されたそうだの。どういうことじゃ。なぜにそのようなことになった。おぬしがおりながらじゃ」

腰を下ろすこともなく、立ったままで横山玄位が村井を糾弾《きゅうだん》した。

「無頼どもがいきなり当家の表門に襲撃を仕掛けて参りましたので、撃退いたしました。それだけのことでございますが。それがなにか」

わざと村井が首をかしげた。

「武名高き前田家の上屋敷に、無頼ごときがかかってくるはずなどなかろう。なにかしらの理由があるはずだ。それを申せ」

横山玄位が要求した。

「あいにく、襲い来た無頼は殲滅《せんめつ》いたしましたので、なにもわかりませぬ」

村井が首を左右に振った。

「そういう話ではない。なぜ、無頼が前田に牙《きば》を剝《む》いたか、そのわけを問うておるのじゃ。これは江戸家老筆頭としての求めであるぞ」

横山玄位が職務で知っておかねばならぬと言った。

「と言われましても、無頼どものことまではわかりませぬ」

困った顔で村井が首を左右に振った。

「なんだと。それですむと思うてか。次席家老として、役目を果たしておるとは言えまいが」

「はて、わたくしが次席家老としてふさわしくないとの仰《おお》せには反論いたしませぬが……当然、筆頭であられる横山さまは、無頼どもがなぜ攻めてきたかをおわかりでございましょうな」

村井が難癖《なんくせ》を付けてきた横山玄位に反論した。

「その場におらなんだのだぞ、余は。知るわけなかろうが」

横山玄位が言い返した。

「筆頭家老さまが、おられぬのはいかがでございますかな」

「殿より、出仕を止められていたからじゃ」

「では、今日はなぜお見えに」

ここぞとばかりに村井が問うた。

「前田家の名誉にかかわる事件があったと聞いたからである」

「それはご苦労さまでございますな」

ご苦労さまというのは、上から下に使う表現で、次席家老の村井が筆頭家老の横山玄位へ言うのはふさわしくない。しかし、村井はあえて皮肉をこめてご苦労さまと口にした。

「きさまっ……」

横山玄位のこめかみに筋が浮いた。

「ところで、殿のお許しは出たのでございましょうか。わたくしのもと、この御用部屋にそのような通知は参っておりませんが」

怒鳴り出す前に村井が反撃に出た。

「……来ておらぬ」

横山玄位が口ごもった。

「じゃが、お家の大事に、屋敷で籠もっておるわけにはいかぬと思い、一件の処理を指揮すべく足を運んだのだ」

建前を横山玄位が述べた。

「それはお見事なお心構えでございますが、殿から慎みを解くとのご諚なくば、御用部屋にお入りいただくわけにはいきませぬ」

「そのようなことを申している場合ではない。加賀前田家の存亡にかかわる一大事であるぞ」

「では、ただいまより足軽継《あしがるつぎ》を国元へ駆けさせまする。殿のご意見を伺いましょう」

早急な対処が要ると言った横山玄位に村井が手順を踏むべきだと応じた。

「足軽継を出しても、返事が来るのは五日後であろうが。とてもそれだけの日を無駄にはできぬ」

横山玄位が反対した。

足軽継は、加賀藩独自の連絡方法であった。足の速い足軽を選び、江戸と国元を結ぶ主要な宿場に配し、交代で文書を受け継いで運んでいく。これは江戸でなにかあったときに、すばやく国元へ報せるためのもので、足軽継は二昼夜で片道を走破した。

「五日が、命取りになるぞ」

「なぜでございまする」

そこまで急がなければならない理由がわからないと、村井が疑問を呈した。

「わからぬだと。よくぞ、それで次席家老をやっておるな。よいか、江戸の上屋敷は、加賀前田家の出城である。その大手門たる表門を武士でさえない無頼どもに侵されたのだぞ。武門としてこれ以上の恥があるか。御上からお咎めが来る前に、手を回しておかねば、どのようなことになるかわからぬであろう」

横山玄位が諭《さと》すように言った。

「表門が侵された……はて、今、表門を通過してこられたのではございませんので」

村井が不思議そうな顔をした。

「通ってきたが……」

表門は、主君あるいは一門、幕府の使者、同格の大名家などでなければ開かれない。ただ、加賀藩は格別な功績を持つ一万石をこえる門閥家老である本多家、横山家、前田直作《なおなり》家、前田孝貞《たかさだ》家、奥村《おくむら》本家、奥村分家、長《ちょう》家の七家の当主にかぎり、表門を開けた。

「一度、ご確認をなさっていただきたく」

「……待っておれ」

横山玄位が慌ただしく出ていった。

「やけに表門にこだわるの」

一人になった村井が疑問を抱いた。

「…………」

帰ってきた横山玄位が、無言で上座へ腰を落とした。

「いかがでございましたか」

「……なんともなかった」

尋ねた村井に、横山玄位が首を横に振った。

「では、それでよろしゅうございましょう」

「い、いや。無頼が当家に来たということも問題である」

話はすんだなと言った村井を横山玄位が制した。

「御上からのご詰問があるやも知れぬであろう」

「今のところ、ございませぬが」

村井がないと告げた。

「来てからでは遅いのだ。来る前に対処せねばならぬ」

「なるほど」

たしかに横山玄位の話は正論である。村井も認めた。

「どのようにいたせばよろしいのでございますか」

村井が内容を訊《き》いた。

「そなたではわからぬか。やはりの」

ようやく横山玄位が優位に立った。

「ここは御上のことをよく知っている大叔父《おおおじ》に頼むとよかろう」

「横山さまの大叔父……といえば、お旗本の」

「そうじゃ。横山内記さまのことじゃ。内記さまは家光さまより三代の上様に仕え奉《たてまつ》り、御上のしきたりにもお詳しいだけでなく、勘定奉行を務められた伊丹播磨守さまの娘婿《むすめむこ》として要路にも近しい。内記さまにお任せすれば、決して悪いようにはならぬ」

横山玄位が述べた。

「ですが、横山内記さまは、殿より出入り差し止めを命じられたはず」

酒井雅楽頭に与《くみ》し、加賀藩へ揺さぶりを掛けるため、一門の横山玄位を操ったことで、綱紀の怒りを買った横山内記長次は、加賀藩邸への出入りを禁じられていた。

「この危急のおり、そのようなことなど些末《さまつ》である。加賀藩が生き延びねば、出入り禁止も何もあったものではなかろう」

横山玄位が村井に迫った。

「どのようなことを横山内記さまは、なさられますので」

「それは直接、大叔父さまに伺うしかない」

「では、わたくしどもはなにをいたせば……」

村井が重ねて問うた。

「非常の際である。江戸上屋敷のすべてを大叔父さまにお預けせよ」

「すべてをとは、勘定から人事まででございますか」

「監察もじゃ」

横山玄位が足りないと付け加えた。

「そのようなこと、江戸だけで決められるものではございませぬ。国元へお伺いをたてねばなりませぬ」

「だから、何度も申しておろうが。明日にも御上から大目付さまがお出でになるかも知れぬのだぞ。国元との遣り取りなどしている暇はない。よいか、これは筆頭江戸家老としての決定である。たった今をもって加賀藩江戸上屋敷は横山内記さまの指図を受けることとする」

「できませぬ」

村井が拒んだ。

「ならば、そなたを罷免《ひめん》する。長屋で謹んでおれ」

「家老の任免は、殿でなければできませぬ」

「殿のご意向を伺うまでの間は、筆頭家老にその権はある」

横山玄位の言いぶんもまちがいではなかった。当主が参勤交代をする関係上、江戸でも国元でも、藩主不在の期間ができる。そのとき、家老職の不正が見つかった場合などは、筆頭家老の独断で一時的にその者の職を解けた。もちろん、後日、藩主の追認は必須であり、乱発した場合や恣意《しい》の疑いがあるときは筆頭家老が咎められることになった。

ただし、筆頭家老を解任するときは、次席家老だけでなく、組頭や用人など複数の同意が要った。

「わかりましてございまする。では、国元へ足軽継を出しましょう」

「ならぬ。すでにそなたは次席家老ではない」

手続きを踏もうとした村井を横山玄位が止めようとした。

「聞いておったな」

「はい」

御用部屋には、書付《かきつけ》の作成や前例の調べをおこなう右筆《ゆうひつ》が常駐していた。その右筆に村井が声をかけ、右筆がうなずいた。

「すでに書きあげてございまする」

右筆は村井と横山玄位が遣り取りしている間に、筆を走らせ、国元へ送る書状を作成していた。

「頼む」

「お任せを」

右筆が御用部屋を出て、足軽継の控えている玄関脇の小部屋へと向かった。

「待て。ならぬぞ。それは許さぬ」

横山玄位が止めようとしたが、右筆は足早に消えた。

「なにをしておる。あやつを止めよ。これは筆頭家老の命であるぞ」

まだ残っている右筆たちに横山玄位が叫んだ。

「これはどうであったかの」

「たしか、去年の勘定方書き上げに同じことがあったように思う」

右筆たちが聞こえないふりをした。

「貴様ら……」

横山玄位が真っ赤になった。

「全員、辞めさせてやる。待っておれ」

誰も従わないとわかった横山玄位が座を蹴飛ばして御用部屋を後にした。

「ご家老さま、よろしゅうございますので」

横山玄位がいなくなるのを確認した右筆が、村井に問うた。

「構わぬ。どうせ、またぞろ横山内記にそそのかされたのだろう。お若いゆえ、欺されやすいのだ」

村井が笑った。

「ですが、殿のご詮が着くまで五日以上かかりまする。その間に、好き放題されてしまっては……」

「大丈夫だ。表門のことは町奉行所へすでに届け出も終えておる。今更《いまさら》、大目付が出てくることはなかろう」

懸念を表する右筆に村井が告げた。

「それはよろしいでしょうが、藩庫の金などを出せと言われることはございませぬか」

別の右筆が無茶を言い出すのではないかと危惧《きぐ》した。

「藩庫の鍵を儂が持っておこう。鍵がなければ、なかをどうにかできまい。ついでに、勘定方の帳面なども藩庫へ入れてしまおう。金の動きを探られるのもうるさいしの」

「では、国元との遣り取りを記した冊も入れましょう」

「だな。ここにあるものもすべて、入れてしまえ」

右筆の提案に、村井が乗った。

「なにをするのか、ゆっくりと見物するとしよう。百万石の内政、一人、二人でできるものではないと思い知るといい」

村井が口の端を吊《つ》り上げた。

三

横山玄位は、駕籠《かご》を急がせ横山内記長次の屋敷へと向かった。

「……なんだと。足軽継を押さえきれなかったと申すか。ええい、なにをしている」

横山内記長次が本家である横山玄位を叱った。

「申しわけもございませぬ」

横山玄位が小さくなった。

本家の横山大膳《だいぜん》玄位は二万七千石と大名並の禄を誇るが陪臣であり、分家の横山内記長次は五千石ながら旗本である。非常にややこしいが、旗本が陪臣の上になるという天下の決まりごとが優先され、横山内記長次が横山玄位を叱りつけても問題にはならなかった。

「誰か」

苛立った横山内記長次が、大きな音をたてて手を叩《たた》いた。

「お呼びでございますか」

横山長次家の家臣が顔を出した。

「足軽継を潰せ。そなたの家臣も使うぞ」

横山内記長次が家臣と横山玄位に言った。

「ど、どうぞ」

「はっ」

あわてて横山玄位がうなずき、家臣が応じた。

「なんとしても加賀へ足軽継を着かせてはならぬ」

横山内記長次が述べた。

「足軽継を行かせたところで、返答が来るのに五日かかりまする。それだけあれば、藩政を把握するに十分ではございませぬか」

横山玄位が横山内記長次に問うた。

「五日で足りねばどうする。そこまで考えて動くのが、策をなすということだ」

「なるほど」

注意された横山玄位が首肯した。

「それより、今は一刻でもときが惜しい。玄位、ただちに加賀藩邸へと参るぞ」

「承知いたしましてございまする」

急《せ》かした横山内記長次に、立ちあがることで横山玄位が応じた。

足軽継の足は速い。追われたところで早々に背を捉えることはできなかった。

「ええい。殿のご厳命じゃ。走っていては追いつかぬ。馬だ、馬を手配せよ」

横山長次家の家臣が、問屋場で馬を借りた。板橋には加賀藩の下屋敷があるが、ことがことだけに馬を貸せとは言えなかった。

「まともな馬は三匹だけか。手が足りぬが、やむをえぬ。我らが先行し、足軽継を押さえる。残された者は、駆け足で付いて参れ」

馬上から横山長次家の家臣が指図した。

「足軽継は、前田家の家紋を背に付けておりまする」

横山玄位家の家臣が先行する騎馬隊に教えた。

「承知した」

騎馬が走り出した。

本郷《ほんごう》の江戸上屋敷を出た足軽継は、まず板橋で交代する。

「……追っ手か」

交代して休んでいた足軽継が、宿場の騒ぎに気づいた。

足軽継は、主な宿場で街道に沿っている旅籠《はたご》や百姓家に間借りをしていた。板橋では、藩主公の鷹狩りや遠駆けなどの際に、休息場所となる旅籠を詰め所としていた。

「馬はまずいな」

いかに足軽継といえども、本気の馬には勝てなかった。

「人数は……」

旅籠の暖簾《のれん》の隙間《すきま》から足軽継が覗いた。

「馬は三騎、徒《かち》が八人か。多いぞ」

足軽継の顔色が白くなった。

「屋敷へ戻って増援を呼ぶしかない」

己一人が後ろから追ったところで、多勢に無勢でしかない。足軽継は、加勢を求めるため、上屋敷へと走り出した。

江戸へかなりの強行軍で急ぐ本多政長と、国元へ走る足軽継が出会うのは当然のことであった。

「あれは……足軽継に見えまする」

一行の先頭を進んでいた刑部が気づいた。

疲れの浮いた顔ながら、意気軒昂《けんこう》たる本多政長が早足で刑部と並んだ。

「たしかに、あの顔に覚えがある」

宿老筆頭として国元で足軽継の対応をすることの多い本多政長がうなずいた。

「止まれ。本多である」

刑部が手を振って足軽継へと合図を送った。

「……本多さま」

走ってきた足軽継が驚いて、足を止めた。

「出府の途中じゃ。そなたこそ、なにがあった」

足軽継は緊急の用ができたとき以外の使用は禁じられている。本多政長が江戸屋敷で異変があったのではないかと推測したのは当然であった。

「ご確認を」

足軽継が書状を差し出した。

「いや、よい。それは国元の殿にお渡しせよ」

本多政長が書状を開かずに返した。

「そなたの存じおることだけでよい。申し継ぎは受けているな」

「はっ」

確認した本多政長に、足軽継がうなずいた。

足軽継は書状を受け取るときに、おおまかな内容を前任者より聞かされた。これは書状が奪われたり、何かしらの事故で紛失あるいは汚損したときのための措置であった。

「江戸家老筆頭横山さま、次席家老村井さまを解任し、上屋敷を掌握。旗本横山内記さまに藩政を預ける……以上でございまする」

足軽継が告げた。

「愚か者どもが」

本多政長が吐き捨てた。

「なにが……」

一緒に聞いていた数馬は混乱していた。

「旗本に藩政を任せるなど……」

わけがわからないと数馬は頭《かぶり》を振った。

大名家が内政を旗本に任せた例がないわけではなかった。当主が幼く、家老職たちが頼りにならないとされたときなど、親戚筋の旗本が後見として、しばらく藩政を見るというものだ。しかし、成人して立派に藩政をこなしている綱紀には当てはまらない。

「そなたは行け。急げ」

「はっ」

本多政長の指示を受けて、足軽継が金沢へと向かった。

「いたぞ。あと少しだ」

足軽継の背がまだ見えているところへ、騎馬が大声を発しながら近づいてきた。

「殿」

刑部が本多政長を見た。

「念のために、遮《さえぎ》ってみよ。なにか言うかも知れぬ」

本多政長が刑部に命じた。

「では」

刑部ともう一人の軒猿《のきざる》が、街道の左右に立った。

中山道《なかせんどう》は基本として三間（約五・四メートル）の幅で統一される。宿場町や峠などでは、細くもなるが、今いる場所は普通の幅なだけに、二人が街道の左右に分かれて立てば、馬を走らせたままで通り抜けるのは、かなり難しくなる。

「寄られよ。馬が通る」

刑部ももう一人も武士の形《なり》をしている。横山内記長次の家臣が手を大きく左右に振った。

「…………」

「聞こえておらぬのか。危ないゆえ、道を空けてくだされ」

もう一度横山内記長次の家臣が叫んだ。

「…………」

「ええい、どけ。どかぬか」

ついに横山内記長次の家臣が怒った。

「どかぬと斬るぞ」

横山内記長次の家臣が太刀の柄に手をかけた。

「押さえよ。襲いかかられては対処せざるを得ぬ」

斬るという言葉を待っていた本多政長が、刑部たちに告げた。

「はっ」

刑部たちが腰を低くして待ち受けた。

「馬鹿どもがあ。邪魔をするからだ。自業自得ぞ」

足を緩めることなく、横山内記長次の家臣が突っこんできた。

「最奥を任せた」

「はっ」

刑部の指示に、もう一人の軒猿が跳ねた。

「一人は生かせ」

本多政長が加えた。

「承知。そっちは片付けていい」

首肯した刑部が、配下の軒猿へ告げつつ、先頭の横山内記長次の家臣に向かった。

「なにをっ」

いきなり跳びかかられた横山内記長次の家臣が抗おうとしたが、すばやく当て身を喰《く》わされて意識を失った。

「石動《いするぎ》どの」

「おう」

馬の上から蹴落とした横山内記長次の家臣を刑部は石動庫之介に預けた。

「……両刀は外せ」

「承知」

数馬の指示に石動庫之介がすばやく対応した。

「ぎゃっ」

「がっ」

その間に、二つの苦鳴が聞こえた。

「馬は、傷つけておらぬな。見たところ問屋の貸し馬らしいからの」

死んだ二人の敵には目もくれず、本多政長が確認した。武士の騎馬と問屋場の貸し馬は身体つきからして違った。

「はい」

刑部が馬たちの手綱をまとめた。

「さて、少し、街道を外れるとするか。いろいろ訊かねばなるまい」

さっさと本多政長が街道を外れて、野原へ入った。

「馬をまとめておけ」

刑部が気を失っている横山内記長次の家臣を下緒《さげお》で拘束《こうそく》して、本多政長の後を追った。

「はっ」

軒猿が従った。

「さっさと来ぬか、数馬」

「ただいま。庫之介、周囲の確認を」

呼ばれた数馬が、石動庫之介へ告げて本多政長のもとへ急いだ。

「ふむ。起こせ」

本多政長が刑部へ合図した。

「はっ。ぬん」

刑部が横山内記長次の家臣の背中に膝《ひざ》を当てて、活を入れた。

「……ううっ」

横山内記長次の家臣が呻《うめ》いて目を開けた。

「な、なんだ。ど、どうなっている……きさまらっ」

周りを囲まれていることに気づいた横山内記長次の家臣が立ちあがろうとした。

「ふん」

刑部が遠慮なく、後ろから膝を蹴飛ばした。

「あつっ」

膝裏は人体の急所でもある。横山内記長次の家臣が顔をゆがめた。

「動くな」

「きさまら、なにをしているか、わかっておるのか。拙者は旗本の家中であるぞ。このようなまねをして、ただですむと思うなよ」

横山内記長次の家臣が正面に立っている本多政長に嚙《か》みついた。

「旗本横山内記の家臣であろう」

「なっ。どうして、殿の名前を……」

本多政長に指摘された横山内記長次の家臣が顔色を変えた。

「初めてだな。儂は加賀の本多じゃ」

「加賀の本多……げっ」

名乗られた横山内記長次の家臣が目を剝いた。

「足軽継から話は聞いておる。今更隠しても無駄じゃ」

まず本多政長が釘を刺した。

「…………」

ふいと横山内記長次の家臣が横を向いた。

「刑部、探れ」

「はっ」

「なにをする。止めろ」

本多政長の命《めい》で懐《ふところ》を探り出した刑部に、横山内記長次の家臣が抵抗した。

「紙入れだけのようでございまする」

しかし、拘束されていては、どうしようもない。あっさりと紙入れを刑部に奪われた。

「なかをあらためよ」

「……小粒金と小銭だけでございまする」

刑部が首を横に振った。

「ふむ。この形も旅支度とは思えぬ」

あらためて本多政長が横山内記長次の家臣に目をやった。脚絆《きゃはん》はおろか、埃《ほこり》を防ぐ道中羽織、雨露が刀身を錆《さ》びさせるのを防ぐ柄袋もしていない横山内記長次の家臣は、少し出かけるていどの軽装であった。

「咄嗟《とっさ》に追ったか」

「いかがいたしましょう。埋めまするか」

呟《つぶや》くように言った本多政長に刑部が尋ねた。

「お、おい」

横山内記長次の家臣が脅《おび》えた。

「旗本の家臣を殺せば、加賀藩も無事ではすまぬぞ」

震えながら横山内記長次の家臣が強気な抗議をした。

「埋めてしまえばわからぬだろう。どうやって、ここまで来るというのだ。目付が」

鼻で本多政長が笑った。

目付は幕府の監察として大きな権を持つが、人数が十名ていどと少ないうえ、城中の安寧《あんねい》、江戸城下の火事見廻《みまわ》りなどの役目もあるため、とても地方まで出張《でば》っては来られなかった。

「誰にも言わぬゆえ、助けてくれ」

横山内記長次の家臣が命乞いをした。

「矢早《やはや》」

本多政長が軒猿の一人を手招きした。

「こやつを預ける。使いようによっては、内記への手札になりうるゆえ、死なせるな。馬を使い、江戸屋敷まで運び、監禁しておけ」

「はっ」

矢早と言われた軒猿が首肯した。

「殿に……それは」

「黙れ」

刑部がふたたび当て落とした。

「数馬、馬には乗れるな」

「乗れまするが……」

加賀藩の平士は、騎乗身分であることが多い。すべてがそうだとは言えないが、もと旗本ということもあり、瀬能家は騎乗を許されていた。

「馬鹿が要らぬことをしでかす前に、江戸へ着かねばならなくなった。駆けるぞ」

「わかりましてございまする」

本多政長の危惧を数馬は共有した。

四

横山内記長次は横山玄位の案内で、加賀藩上屋敷の御用部屋へと入った。

「……誰もおらぬではないか」

がらんとした御用部屋に、横山内記長次が驚いた。

「坊主、来よ」

あわてた横山玄位が、部屋の隅に控えていた御殿坊主を呼んだ。

「御用でございまするか」

御殿坊主が、横山玄位のもとへ膝行《しっこう》してきた。

江戸城中におけるお城坊主と同じような、雑用係をするのが御殿坊主である。身分は武士ではなく軽いが、家老職とも近く、なかなかに力のある者であった。

「右筆どもはどうした。組頭は、用人は」

横山玄位が立て続けに問うた。

「皆様方、横山さまのご指示で職を解かれ、お長屋にて謹みおりまする」

御殿坊主が淡々と答えた。

「な、なんだと」

「大膳、なにをしている。そやつらがおらねば、藩政のことがわからぬではないか」

横山内記長次が、横山玄位を通称で呼んで叱った。

「わ、わたくしの言うことを聞かなかったのでござる。足軽継を勝手に出したのは、そやつらでござる」

横山玄位が反論した。

「むっ」

内記長次が詰まった。そもそも無理をさせているのは内記長次なのだ。横山玄位をあまり追いつめると、反発されてしまい、内記長次の思うように話が進まなくなる。

「わかった。だが、これでは仕事になるまい」

怒りを呑みこんで、内記長次が横山玄位を見た。

「右筆だけでも復職させよ」

「……はい」

内記長次に宥《なだ》められた横山玄位が不承不承ながらうなずいた。

「そなた、右筆どもの長屋へ行き、謹慎を解くゆえ急ぎ出務せよと伝えて参れ」

「承りましてございまする」

横山玄位に命じられた御殿坊主が、御用部屋を出ていった。

「大膳よ。怒りにまかせてはならぬぞ。人は叱るだけでは動かぬ。たまにはこちらが折れてやらねばならぬ」

内記長次が歳若い本家を諭した。

「気を付けまする」

横山玄位が頭《こうべ》を垂れた。

「うむ。さて、右筆どもが来る前に、まずは帳面を見ておくか。右近《うこん》」

内記長次が、廊下で控えていた家臣を呼んだ。

「帳面をあらためよ。どのくらいの金を持っているか、年収は、支出は、なんでもいい。調べあげよ」

「はっ」

懐から算盤《そろばん》を取り出した右近が御用部屋へと足を踏み入れた。

「…………」

置いてある書付を手にした右近だったが、算盤を置くことなく、次々と替えていった。

「なにをしておる」

右近の動きに、内記長次が不審を覚えた。

「勘定方の帳面がございませぬ」

主君へ答えながらも、右近は書付を探した。

「ないだと……大膳」

内記長次が一応筆頭江戸家老の肩書きを持つ横山玄位へ顔を向けた。

「あるはずでござる。わたくしが出ていたころは、その次席家老席の右手に、去年の年貢から今までのぶんが積まれておりました」

横山玄位が強い口調で主張した。

「どれ……」

ならばと内記長次も散らばっている書付を拾いあげて、内容に目を通した。

「普請方井山三之助《いやまさんのすけ》、病療養のため、家督を嫡子丑次郎《うしじろう》へ……違う」

内記長次が読みあげかけて、書付を捨てた。

「これも……これも、違うぞ」

「そんなことは……置き場所が変わったのでは」

座っていた横山玄位も手当たり次第に書付を確認した。

「……ない」

「大膳、藩庫の鍵はどこだ。書付がないならば、現物を確かめればいい」

内記長次が横山玄位へ訊いた。

「藩庫の鍵は、勘定奉行と次席家老の村井が預かっておるはずでござる」

「勘定奉行を呼んで参れ。ちっ、まだ坊主は戻って来ておらぬか」

横山玄位の返答に、内記長次が指示を出そうとして舌打ちした。

「そういえば、遅いの」

御殿坊主が戻ってこないことに、内記長次が気づいた。

「探しに行かせましょう。おい、坊主を探して参れ」

横山玄位が連れていた家臣へ手を振った。

「はっ」

家臣が小走りに駆けていった。

「……殿」

すぐに家臣が戻ってきた。

「おう、坊主はどうした」

一人きりの家臣に横山玄位が首をかしげた。

「わたくしが誰かわからぬので、従えぬと」

家臣が御殿坊主に断られたと告げた。

「なっ……」

横山玄位が唖然とした。

ここは加賀藩江戸上屋敷表御殿なのだ。加賀藩の藩士が詰めて、江戸における藩政をおこなっている。横山玄位は謹慎を命じられているとはいえ、江戸家老筆頭であるが、その家臣は陪臣でしかなく、身分保証がなされていない。御殿坊主が見も知らぬ者の指示に応じないというのは、当たり前のことであった。

「……大叔父」

「儂も駄目じゃ。儂は加賀藩の縁戚でさえない。ましてや、吾《わ》が家臣たち……」

横山玄位から見られた内記長次が首を横に振った。

「わたくしが行かねばならぬと。江戸家老筆頭のわたくしが、御殿坊主を呼びに……」

「そうなるの」

呆然とした横山玄位に内記長次がうなずいた。

「馬鹿な……」

「いたしかたあるまい。人がおらぬとあれば、できる者ができることをするしかないのじゃぞ」

嫌がる横山玄位に内記長次が述べた。

「…………」

不満顔で横山玄位が御殿坊主を探しに出た。

「殿、これではどうにもなりませぬ」

右近がお手上げだと言った。

「勘定方に行けば、帳面はあるだろう。大膳が戻り次第、連れて勘定方へ行け」

「わかりましてございまする」

内記長次の指示に右近が首を縦に振った。

「どちらにお出ででございますか」

廊下を進んでいた横山玄位が、最初に御用部屋に居た御殿坊主から声をかけられた。

「そなた……遅かったではないか。なにをしていた」

横山玄位が叱りつけた。

「お申し付け通り、皆様方のところへお呼び出しをかけに行っておりました」

「そんなに手間取るものではなかろうが」

言われたことをやっていたと答えた御殿坊主に、横山玄位が怒った。

「申しわけございませぬ。なにぶん、ご家老さまやご用人さま、組頭さまのお長屋は存じておりますが、右筆衆の方々がどこにお住まいかわかりませず、探しておりましたので」

「……な、な」

御殿坊主の言いわけは正しい。横山玄位はそれ以上、言えなくなった。

「で、来るのだな。皆」

「それが……」

確認した横山玄位に御殿坊主が口ごもった。

「はっきりと申せ。来るのだな」

「それが……皆様、病につき、出仕できかねるとの」

急かされた御殿坊主が告げた。

「はっ、はあ」

思わず、横山玄位が大声を出した。

「治り次第、出仕するとも」

「ば、馬鹿にしておるのか」

付け加えた御殿坊主を横山玄位が怒鳴りつけた。

「わたくしをお叱りいただいても……わたくしは使いを務めただけでございまする」

御殿坊主が不満を口にした。

「ええい。病でもかまわぬ。お家の一大事じゃ。引っ張ってでも連れて来い」

「無茶を仰せになられては困りまする。病の者を連れ出し、万一があっては大事になりまする」

横山玄位の命を御殿坊主が拒んだ。

「ええい、役立たずが。もうよいわ」

横山玄位が足音も高く、御用部屋へと戻っていった。

「役立たずはどちらじゃ」

頭を下げて見送りながら、御殿坊主が吐き捨てた。


書付はない、藩庫の鍵はない、藩政にかかわっていた者のほとんどが、病を言い立てて長屋へと帰ってしまった。

旗本横山内記長次の策は最初から蹴躓《けつまず》いていた。

「このままでは、儂が役立たずの烙印《らくいん》を押されてしまうではないか」

横山玄位を使いに出した内記長次が苦い顔をした。

前田綱紀を将軍候補とし、当主のいなくなった百万石を幕府に接収しようとした大老酒井雅楽頭の走狗《そうく》であった内記長次は、綱吉が五代将軍となったことで大きな失点をつけられていた。

「気に入らぬ」

五千石ともなれば、将軍もその名前を聞く。内記長次が、己の将軍就任を邪魔していたと知った綱吉が不快を表した。

将軍の不興を買った旗本の運命は悲惨である。無役のまま放置してくれるならいいが、かならずや報復を受ける。

今日こそ目付が来るか、今日こそ評定所《ひょうじょうしょ》への呼び出しを受けるか。毎日、胃の腑《ふ》を傷めていた内記長次のもとにもたらされた汚名返上の機会が、今なのだ。

ここで綱吉が望んでいる結果を出さなければ、それこそ首と胴が分かれてしまう。一応、綱吉の将軍就任という慶事をもっての恩赦があり、酒井雅楽頭に与して宮将軍擁立《ようりつ》に同意した老中たちの罪はなかったことになった。内記長次など老中に比して罪は軽い。

しかし、それで油断できないのが、将軍という権力であった。いや、将軍でなくても、主君でも同じである。

主君は家臣の生殺与奪《せいさつよだつ》を握っている。

「お気に召さぬことこれあり」

なんの罪があったとの説明もなく、この一言で放逐《ほうちく》された家臣は枚挙に暇がない。

さすがに周囲が止めたゆえ、御意討ちにはならなかったが、二代将軍秀忠にいたっては、新任の小納戸《こなんど》の顔が気に入らぬといって、刀を振りあげたことさえあるのだ。

「不埒《ふらち》をなしたるゆえ、家禄《かろく》を召しあげ切腹を命じる」

ときと場合によっては、切腹させせられてしまう。

なかには、罪を公表すれば一族にも影響が出るとか、徳川家の恥につながるような場合だとか、あえて伏せるときもあるが、それでも将軍の恣意で旗本は死ななければならない。

それがご恩と奉公、主君と家臣であるといえば、それまでのことだが、主君の機嫌で浪人させせられたり、腹を切らされたりするほうは、たまったものではない。

そして、内記長次にはそうされるだけの理由がある。

内記長次が焦燥《しょうそう》するのも無理はなかった。

「どうであった……駄目か」

戻って来た横山玄位の不機嫌な表情で、内記長次が悟った。

「病だそうでござる」

横山大膳玄位が告げた。

「侮《あなど》られておるな、大膳」

内記長次が内心の腹立たしさを横山玄位にぶつけた。

「あ、侮られている。わたくしが……言葉が過ぎましょうぞ、大叔父」

不満を抱えている横山玄位が憤慨した。

「そうであろうが。筆頭家老として、家中の尊敬を受けているならば、皆の協力を最初から得られたはずだ」

「……うっ」

真実に、横山玄位が詰まった。

「これが、現実じゃ」

誰もいない御用部屋を、内記長次が示した。

「そんなことはござらぬ」

若いだけに、横山玄位は批判を受けいれられなかった。

「では、どうにかせい」

文句ばかりで役に立たない本家に、内記長次が言い放った。

「おうよ。見ておれ。すぐに下僚どもを集めてくるわ。余は加賀藩筆頭江戸家老横山大膳じゃ。それくらいのこと……」

怒りに任せて横山玄位が放言し、足音も高く、ふたたび御用部屋から出ていった。

「右近、今のうちに、探せ。棚の上、文箱、天袋、袋戸棚のなかもあらためろ。加賀藩にとってつごうの悪い文書がかならずあるはずだ」

本家でも加賀藩の家臣でしかない。譜代大名として認めてもらえると思えばこそ、内記長次に協力しているが、綱吉は横山玄位の身分までは保証していない。

「横山本家は加賀の家臣である。藩とともに滅びるのが道理である」

そう言って、綱吉は切り捨ててくるかも知れない。

「滅びに気づいた大膳が、儂まで巻きこもうとするやも知れぬ。そうなったときでも、こちらの手のうちを知られていなければ、いくらでも逃げようはある」

内記長次も袋戸棚に手を伸ばした。

「大久保加賀守さまにおすがりするしかないのだ」

袋戸棚の中身を内記長次が床へ掻《か》きだした。

第三章　本家と分家

一

藩邸の雰囲気がざわついていることに、瀬能家の女中で女軒猿《のきざる》の佐奈《さな》が気づいた。

「まだ、御用終わりの刻限ではない」

佐奈が耳を澄ませた。

「……お長屋へお戻りの方が多数でてきている」

すっと佐奈が立ちあがった。

「調べましょう」

佐奈は、本多政長が出した探索方でもある。江戸藩邸でなにかあったとき、すばやく調べを付け、本多家江戸屋敷へ報告する任も帯びていた。

瀬能家の長屋は千石にふさわしい規模と場所ではなく、数百石ていどの加賀藩でもっとも数の多い平士並《なみ》たちのものと並んでいた。

これは数馬の出府がもともと予定になかったもので、身分相応の長屋に空きがなかったためである。独身で、家士石動《いするぎ》庫之介と女中佐奈との三人だけという状況で、広い長屋を与えられても困る。いずれ、琴が江戸へ出てきたときは、大きな長屋か、あるいは江戸市中に屋敷を構えるかすればいい。

言わば、今は仮住まいであった。

「いかがなされました」

瀬能家の長屋を出た佐奈は、顔見知りの女中に声をかけた。

「旦那さまがお戻りになられたのでございますする」

女中が答えた。

「この刻限に……お身体《からだ》のご調子でも」

佐奈が最初に思いあたる原因を尋ねた。

「いえ。そういうわけではございませぬ。お健やかで」

「…………」

「ああ、咎《とが》めを受けられてでもございませぬ」

次の質問を口に出さなかった佐奈に、女中があわてて手を振った。

「それはよろしゅうございましたが……」

佐奈が周囲を見回した。

「貴家以外にも、お帰りのお方は多いようでございます」

「そういえば……なにかざわついておるような」

言われた女中も首をかしげた。

「また、あのようなことが……」

思い出した女中が脅《おび》えた。

「それはございますまい。争闘の気配ではございませぬ。なにより、そうなれば貴家のご主人さまが、ご指示をなさいましょう。門を閉めよとか、逃げよとか」

佐奈が首を横に振った。

「でございますね」

女中が安堵《あんど》の息を吐《つ》いた。

「お手を止めましてございまする」

佐奈が一礼して、女中と別れた。

「御玄関に行列が……」

表御殿へと近づいた佐奈が、横山玄位《はるたか》の行列に気づいた。

さすがに将軍のお膝元《ひざもと》だけに、二万七千石の横山家といえども、軍役に応じた人数を引き連れての行列は組めなかった。それでも横山玄位の乗る駕籠《かご》と警固《けいご》の侍、槍《やり》持ち、挟《はさ》み箱《ばこ》持ち、草履《ぞうり》持ちなど、二十名ほどにはなる。それらが、玄関の前に横山玄位の帰還を待っているのだ。いかに広い前田家の玄関前とはいえ、普段とは景色が違った。

「駕籠に付けられている紋は……丸《まる》ノ内万字《うちまんじ》。ということは、横山さま」

佐奈が目敏《めざと》く見つけた。

「横山さまは、あのことで慎みをなさっておられるはず……」

足を止めた佐奈が周りを確認した。

「御用部屋を見てくるか」

佐奈が他人目《ひとめ》を避けて、表御殿の床下へと入りこんだ。

腰を屈《かが》めたままでも、忍《しのび》は平地を進むのと変わらない疾《はや》さで進める。佐奈は、煙草《たばこ》を一服吸うほどの間で、御用部屋の真下へと着いた。

「おうよ。見ておれ。すぐに下僚どもを集めてくるわ。余《よ》は加賀藩筆頭江戸家老横山大膳《だいぜん》じゃ。それくらいのこと……」

横山玄位の足音が床下にも響いた。

「若く偉ぶった声は横山玄位さまだな。となると残っている気配二つは、次席家老の村井さまと右筆か」

佐奈が推測した。

「……違う」

上から聞こえてきた話に、佐奈が緊張した。

「誰だ……加賀藩の秘密を盗もうとしている」

集中した佐奈の耳に、家捜《やさが》しをするような音が聞こえてきた。

「右近《うこん》、まだ見つからぬか」

「申しわけございませぬ。まるで大掃除をいたしたように、なにもかもが空でございまする」

内記長次の苛立《いらだ》ちに、右近が首を左右に振った。

「隠したな」

「おそらくは」

確認した内記長次に、右近が同意した。

「村井であったな。加賀藩の次席家老は」

内記長次が言った。

「ええい、大膳が戻って来るまで待たねばならぬのか。ときが惜しいというに」

「…………」

憤懣《ふんまん》やるかたないといった内記長次に、右近が黙った。

「村井さまなら……」

佐奈が動いた。

江戸次席家老村井次郎衛門の長屋は加賀藩上屋敷のなかにありながら、冠木門《かぶきもん》を持ち、広大な庭や厩《うまや》も擁《よう》する大きなものであった。

「騒がしい」

村井の長屋に近づいた佐奈は、開かれた冠木門のなかからもめている気配を感じ取った。

「さっさと村井を出せ」

「主《あるじ》は病で臥《ふ》せっております る」

玄関先で横山玄位と村井の家臣がもめていた。

「偽りを申すな。先ほど、御用部屋で会ったときには、変わったところはなかったぞ」

「先ほどはそうでも、今は寝ておりまする」

「ふざけるな。そんな急に病になるか」

「急に死ぬ者もおりますが」

どれほど横山玄位が怒ろうとも、家臣はのらりくらりと矛先をずらした。

「きさま、余を筆頭江戸家老と知ってのことか」

ついに横山玄位が切れた。

「存じておりますが、病だと申しあげておるのを無視して、押し通ろうとなさるお方に、敬意を払う理由はございませぬ」

家臣が手厳しい反撃をした。

「むうう」

正論に横山玄位が詰まった。

家臣にとって主君ほど大事なものはない。たとえ、相手が筆頭江戸家老であろうとも、引きはしなかった。

「主へのご伝言はお預かりいたしまする」

家臣が用件を言えと促した。

「きさまごとき軽い者に聞かせるべきではないが、村井が出て来ぬゆえ、いたしかたなし。これについては、すべて村井の責任である」

横山玄位が責任は取らないと宣した。

「で、なにをお伝えすれば」

あっさりと横山玄位の発言を流して、家臣が急《せ》かした。

「藩の存亡の危急である。御用部屋から持ち出したものを、至急返却せよと申せ」

「承りましてございまする。では、お引き取りをくださいますよう」

用がすんだら帰れと家臣が言った。

「覚えておけ。かならずや、村井に報いを受けさせてくれるわ」

さすがに押しこむわけにもいかなかった。病が偽りであったとしても、医師でない横山玄位には判断できない。

「無理矢理、屋敷を侵《おか》して参りました」

こう村井から藩庁へ訴えられれば、横山玄位は無事ではすまなかった。

「……帰ったか」

佐奈が横山玄位の背中を見送ってから、村井の屋敷へと忍びこんだ。

「やっとあきらめたようじゃな」

家臣から報告を受けた村井がため息を吐いた。

「はい」

家臣がうなずいた。

「ご苦労であった。あれの相手で疲れているだろうが、勘定《かんじょう》奉行の左貫田《さぬきた》を呼んで来てくれ」

「承りましてございまする」

村井の指示に家臣が下がっていった。

「やれ、面倒な。横山内記はなにを狙っておるのだ」

一人になった村井が腕を組んだ。

「…………」

思案に耽《ふけ》った村井のもとへ、勘定奉行の左貫田が伺候《しこう》した。

「お呼びでございますか」

「おおっ、来てくれたか」

閉じていたまぶたを開けて、村井が左貫田を迎えた。

「まずは、忙しいときにすまぬ」

村井が謝罪した。

「いえ。お気になさらず」

左貫田が手を振った。

どこの藩でもそうだが、勘定方ほど忙しい役目はなかった。

武家というのは、その主たる収入を秋の年貢に頼っている。他にも領内の鉱山のあがり、商人たちに負担させる運上などもあるが、やはり米が大きい。

つまり、武家は秋に得た収入を食い潰《つぶ》して一年を過ごす。今は秋に入ったばかりで、まだ収穫は藩庫に納められていない。もっとも金がない時期であり、勘定方は必死にやりくりをしなければならず、まさに多忙をきわめる。

「一日ですめばいいが、最悪、殿からのお指図が来る五日後まで仕事にならぬであろう」

「たしかに、多少手間取るでしょうが、皆、自宅でできるだけのことをいたしておりまする。さほどの影響は出ますまい」

己《おのれ》を責める村井に、左貫田が大丈夫だと応じた。

「さて、忙しいおぬしに来てもらったのは、日払いの金があるかどうかを知りたいからだ」

村井が問うた。

大名屋敷といえども、家中だけですべてが終わるわけではなかった。出入りの職人や、商人は節季ごとの支払いであり、その場での現金は不要だが、行商人やちょっとした雑用をこなす人足などは、日ごとに金を払う決まりであった。

「ございますが……」

左貫田が怪訝《けげん》な顔をした。

「わからぬのか。藩庫を閉じたぞ」

「あっ」

ようやく左貫田が気づいた。

「そろそろ日が落ちる。本日の支払いをせねばならぬ。どこで金を渡す」

「台所口と……脇門」

左貫田の顔色が変わった。

「先日の襲撃で受けた屋敷と長屋の修繕《しゅうぜん》か」

村井も理解した。

先日、ほとんどの武田党は正面の表門を破ろうとしたが、一部は別行動として脇門を襲った。

家臣や女中などが主に出入りする脇門は、夜明けから日暮れまで開け放たれており、門番の足軽も二人しかいない。殺す気で来た武田党の相手にはならず、あっさりと突破され、その後、脇門近くの長屋も蹂躙《じゅうりん》された。加賀藩では、その修繕を始めていた。

「大工や左官などに支払う金は、普請が終わってからでよいが、片付けや雑用などで藩が雇い入れている人足どもへの給金を忘れておろう」

「でございますな」

言われた左貫田がうなった。急な横山内記と横山玄位の訪問から帳面を隠すなどのばたばたで、左貫田たち勘定方はすっかりそれを失念していた。

「今日も来ておろう」

「はい」

左貫田が首肯《しゅこう》した。

「横山は表門から来たゆえ、脇門近くの状況を把握しておらぬが、金を払えぬとなれば人足どもが騒ぎ出す。そうなれば、横山も気づくぞ」

「立て替えをいたしまする」

左貫田は勘定奉行になるほどの家柄である。平士ながら家禄は一千四百石あり、金には困っていなかった。

「金は拙者が出してもよい。人足どもくらいならば、一年や半年は保つ」

人足は一日で二百六十文ほどですむ。二十人いたところで五千二百文、一両と一分少しで足りた。

「ただな、問題は明日以降にある」

「人足の出入りに気づかれては、破損した長屋をあらためられる……」

村井の危惧《きぐ》を左貫田がわかりだした。

「一家全滅した長屋もある。そこは手つかずだろう」

「生き残った者たちを優先させねばなりませず……」

確かめた村井に、左貫田が申しわけなさそうにした。

「そなたのせいではない。悪いのは無頼どもだ」

村井が首を左右に振った。

誰が悪いかなどわかりきっている。もちろん、誰が無頼たちを呼び寄せる結果になったかは調べあげなければならないが、今はそれどころではなかった。

「死した者を葬り、傷を負った者は療養のため下屋敷へ移しておりますが、飛び散った血や破壊された内部などは……」

「外観はどうだ」

述べた左貫田に村井が尋ねた。

「何軒かは、門が破壊されておりまする」

「まずいな。まずは、そこを隠さねばならぬ。取り壊すか」

「大きな音がいたしますが」

「一気に壊せば、見に来たところで潰し終わっておろう。傷んだゆえに潰して建て替えると言い張ればいい」

壊してしまえば、跡形も残らぬと村井が強弁した。

「わかりましてございまする。人足どもに金を払いがてら、明日からそうせよと申し伝えて参りまする」

「頼む。多少、金に色を付けてもよいゆえ、明日は夜明けとともに始めるように命じよ。さすがに、横山でも夜討ち朝駆けはすまい」

席を立った左貫田に、村井が告げた。

「わかりましてございまする」

左貫田が一礼した。

天井裏で話を聞いていた佐奈は苦い思いでいた。

武田党を招いたのは、佐奈といえる。

もともとは加賀藩留守居だった小沢兵衛がらみで、武田党が数馬にちょっかいをかけたのが始まりではあった。その武田党を佐奈と石動庫之介で片付けた。

さらに佐奈のことを知って、勝負を挑んできた四郎を軽くあしらった。その結果、武田党をあげての襲撃になった。

もちろん、武田党は仲間の復讐だけで、加賀藩に戦いを挑んだわけではなかった。天下第一の石高を誇る百万石の前田家を侵すことで、武田党の威力を響かせ、江戸の夜を支配しようと考えたのだ。

「…………」

静かに村井家を離れた佐奈は、その足で脇門近くの長屋へ足を進めた。

「灯《ひ》が点《つ》いていない」

長屋のほとんどは、うっすらと灯《あか》りを浮かしていたが、何軒かは暗く、人の姿もなかった。

「かかわりのない者を巻きこんだ……」

佐奈が小さく呟《つぶや》いた。

二

足軽継《あしがるつぎ》と出会った後、街道を馬で駆けた数馬と本多政長は、高崎《たかさき》の宿場手前で街道を見張る連中を見つけた。

「数馬、どう見る」

「騎馬の手配ができなかった連中でございましょう」

捕まえた横山内記長次の家臣が発した言葉から、増援がいるとの予想はされていた。

「様子をみる。歩くぞ」

本多政長が馬を降りた。

「では、なぜ、こんなところで待ち伏せをしておる。我らの出府を知ったとは思えぬぞ」

本多政長が数馬に問うた。

「それはございますまい。わたくしたちは、あまりに普通ではございませぬ」

数馬が否定した。

江戸への召喚《しょうかん》が横山内記長次に知られていないとは限らないが、いつ本多政長が来るかまではわからない。また、陪臣《ばいしん》とはいえ五万石なのだ。駕籠で行列を仕立てるのが常識で、わずか二騎と警固数名だけで街道を走ってくるとは思われない。

富山藩が本多政長一行がいつ出発し、少ない人数であったと知ってはいるが、もし、それを幕府に報せようものなら、綱紀の激怒を受けて今度こそ藩は終わる。

「及第じゃな」

本多政長が笑った。

「あやつらが待っているのは、二つ。一つは先に行った仲間が、任を果たして帰って来るのを……もう一つはなんだ」

「仲間が間に合わなかったとき、金沢から殿のお指図を運んでくる足軽継でございますな」

「そうだ。返答を持った足軽継を討ったところで、殿のお指図は変わらぬが、正式な使者が江戸へ来るまで、刻を稼げる」

数馬の答えに本多政長が満足そうにうなずいた。

「ですが、本多さま」

道中にでてから数馬は本多政長を義父とは呼ばないようにしていた。

「なんのために、横山さまは江戸屋敷を」

「江戸家老筆頭の横山大膳は、またも踊らされただけだろう」

「懲《こ》りておられぬ……」

二度目だろうと数馬があきれた。

「哀れではある。なにせ、大膳は本家だが、分家の内記が旗本であろう。身分としては遠慮せねばならぬ。それが悔《くや》しいのだろう」

本多政長が続けた。

「儂《わし》は分家じゃからな。本家は絶え、その枝葉がほそぼそと旗本に取り立てられているが、まったくつきあいもない」

本多政長は本多佐渡守《さどのかみ》正信の次男政重の息子になる。本家となる本多佐渡守家は、政重の兄正純《まさずみ》のときに、謀叛《むほん》を疑われて改易になっている。後、正純の孫の正之が四代将軍家綱《いえつな》に召し出されて二千石を与えられて再興はしたが、一度途絶えた交流は復活しなかった。

「数馬もそうであろう。瀬能の家は分家であったな」

「はい。我が瀬能家も分家でございまする。祖父のときに、本家より禄《ろく》を分けていただいて成立いたしました」

数馬が首肯した。

「本家は何石だ」

「わたくしは一度もお目にかかったことはございませんが、たしか三百石だったかと」

問われた数馬が自信なさげに告げた。

「それを本家二百石、祖父百石で分けたとのことでしたが、祖父が珠姫《たまひめ》さまのお附《つ》きとなったことで栄進し、お輿《こし》入れ差配を命じられたときに六百石としていただき、前田に籍を移したときに四百石を加えて千石となりましてございまする」

瀬能家の歴史を数馬は語った。

「本家より大身の分家、しかも陪臣。おぬしの家も面倒そうだな」

「かかわりがございませんので……」

面倒だと言われても、会ったことさえないのだ。数馬には想像できなかった。

「江戸へ出てから、訪ねもしなかったのか」

「どこにお屋敷があるかも存じませぬ」

驚いた本多政長に数馬が応じた。

武士にとって血縁は、数少ない信頼のおける者になる。だからこそ、本家は分家をかばい、分家は本家を支える。こうしないと乱世は生き残っていけなかった。

「向こうから訪ねて……来るはずはないか。直臣が陪臣のもとへ来るはずもなし」

本多政長が嘆息した。

「あいさつにいったほうがよろしいでしょうか」

数馬が訊《き》いた。

そもそも数馬が江戸へ出たのは、急なうえ予定にないことであった。そのため、江戸の本家の話など、父親からも聞かされていなかった。

さらに江戸で留守居役《るすいやく》をしていたが仕事や覚えなければならないしきたりが山のようにあり、つきあいのない親戚のことなど頭の隅にのぼってさえこなかった。

「放っておけ。そなたが旗本に戻りたいと思っているならば、本家を頼ればいい」

「そんなつもりはございませぬ」

数馬は金沢で生まれ育った。禄も前田家からしかもらっていない。数馬に徳川家への想いはなかった。

「ならば、儂を本家といたせ」

「本多さまを……」

数馬が目を剝《む》いた。

「なんだ、不満か。儂はそなたの岳父じゃぞ。敬うに不足はあるまい」

本多政長が、数馬を見た。

「敬うのは当然だと思っておりまするが、とてもわたくしが本多さまの係累《けいるい》に名を連ねるなど、畏《おそ》れ多く」

「琴を嫁にくれてやったのだ。その子は儂の孫ぞ」

「まだ、生まれてもおりませんが」

「生まれるかも知れなかろう。閨《ねや》を共にしたのだろう」

「……それはそうでございますが」

笑う本多政長に数馬が照れた。

「……………」

雑談しながら進む数馬一行を、見張っていた侍たちは注目もしなかった。

「なるほど」

琴へ話をもっていったのは、数馬の緊張をほぐし、見張っている連中に不審を抱かれないようにするためだったと、数馬が納得した。

「このまま江戸へ走りまするや」

「何人いた」

訊いた数馬に答えず、本多政長が刑部《おさかべ》へ問うた。

「見えていたのが四人、隠れていたのが三人」

刑部が告げた。

「そんなものか。騎馬の三人、ここで七人、合わせて十人。横山内記としてはよく出したほうか」

本多政長が思案した。

「いかがいたしましょう」

刑部が指示を求めた。

「何人残せばよい」

「二人」

主人の問いに、刑部が述べた。

「片付けも忘れるな」

「はっ」

本多政長の念押しに、刑部がうなずいた。

「天前《てんさき》、地尾《ちお》、行け」

「承知」

名指しされた二人の軒猿が、一行から離れた。

「よろしいのでございますか。かなり減りましたが」

軒猿の別行動が続いている。行列は、ついに本多政長、数馬、石動庫之介、刑部の四人だけになった。

「福井であれだけ暴れた三人がおるのだぞ、鉄炮《てつぽう》でも持ち出さねば、どうということはあるまい」

数馬の危惧を、本多政長が一蹴した。

「追い詰められた横山内記が、必死になるのはわかる。武士は家を守る者だからの。しかし、横山大膳はいかぬ。一度厳しく殿よりお叱《しか》りを受けたというに、お留守になられるなり、またぞろ煽《あお》られた。これは肚《はら》ができておらぬのもあるが、頭を打っていないからじゃ。ちょっと鍛え直さねばならぬかの」

「鍛え直す……横山どのをでございますか」

独りごちた本多政長に、数馬が反応した。

「ああ。甘やかされてばかりだから、こうなる。大膳の周りにいる者を一掃し、儂が政《まつりごと》とはなにか、家老とはどのようなものかを、叩《たた》きこんでやろう」

本多政長が宣した。

「ということは、横山どのを……」

「金沢へ戻す」

数馬の確認を本多政長が認めた。

横山内記長次は加賀藩江戸屋敷を横山玄位に任せて、大久保加賀守のもとへ伺候していた。

「上屋敷への出入りは遠慮いたせ」

老中の上屋敷は江戸城内郭《うちくるわ》に与えられる。当然、老中への陳情を願う者などは、そこへやってくる。大久保加賀守は内記長次が目立つことを嫌い、下屋敷へ来るように指示していた。

「書付《かきつけ》一切がないだと」

聞かされた大久保加賀守が驚いた。

「隠されたな」

「はい。横山大膳がいささか手間取りまして……」

内記長次が失策を横山玄位に押しつけた。

「愚か者め」

「ひえっ」

大久保加賀守に怒鳴られた内記長次が跳びあがった。

「横山大膳が、まだ幼く未熟だとはわかっていたのだろうが。ならば、それを補うように策を立てるのが、老成した者の役目じゃ」

「も、申しわけございませぬ」

内記長次が額を畳《たたみ》にこすりつけた。

「加賀藩のあれはなんと言ったかの、そうじゃ、足軽継であったな。それはどうした。止められたのであろうな」

「…………」

「情けない奴め」

答えられない内記長次に、大久保加賀守があきれた。

「何一つ、無事にできぬとは使えぬにもほどがある」

「恥じ入りまする」

内記長次が小さくなった。

「このまま上様にご報告すれば、横山の家は潰れるぞ」

「……それだけは、お許しを」

大久保加賀守の脅《おど》しに内記長次が泣きついた。

武士にとってなにが恥かといえば、家を潰すことであった。なにせ家は、先祖の功績であり、名誉なのだ。子孫は、先祖が立てた功績で与えられた禄で生きていく。その家を潰したとなれば、先祖の功績を無にしただけでなく子孫の生活も破綻《はたん》させたことになる。

「……………」

無言で大久保加賀守が内記長次を見つめた。

「……………」

内記長次も大久保加賀守を見上げた。

「……………」

「加賀守さま……」

内記長次が長い沈黙に耐えられなくなった。

「なんでもやるか」

「家を守るためでございましたら、なんでもいたしまする」

大久保加賀守の確認に、内記長次がはっきりと応じた。

「誰ぞ、ある」

内記長次から目を外した大久保加賀守が呼んだ。

「御用でございましょうか」

隣室で控えていた近習《きんじゅ》が、襖《ふすま》を開けて尋ねた。

「近藤主計《かずえ》を連れて参れ」

「ただちに」

近習が首肯した。

「加賀守さま……」

なんのことかと不安げに内記長次が大久保加賀守に窺うような声を出した。

「待っておれ」

おとなしくしていろと、大久保加賀守が命じ、持って来ていた御用の書付に目を通し始めた。

「…………」

手柄をたてるどころか、失策続きでは、言われたとおりにするしかない。内記長次は黙って、平伏を続けるしかなかった。

「近藤主計でございまする。お召しと伺いましてございまする」

四半刻《しはんとき》(約三十分)ほどで、近藤主計がやってきた。

「うむ。そこで控えておれ」

部屋のなかへ入れず、大久保加賀守は近藤主計を廊下で待機させた。

「…………」

内記長次と近藤主計が、互いを訝《いぶか》しんで見つめ合った。

「……よし」

しばらく御用に集中した大久保加賀守が、顔をあげた。

「内記、こいつは富山藩家老だった近藤主計だ。近藤、これは旗本横山内記じゃ」

大久保加賀守が簡単に二人を紹介した。

「富山藩家老の近藤といえば……」

「旗本の横山さま……加賀藩家老横山家のご一門」

二人が目を大きくした。

「知っておるようじゃの。面倒な説明をせずにすんだわ」

大久保加賀守が満足そうにうなずいた。

「そなたたちを引き合わせたのは、他でもない。そなたたちにとっても不倶戴天《ふぐたいてん》の敵
である本多安房《あわ》政長を討たせるためだ」

「本多を……」

告げた大久保加賀守に、内記長次が驚き、近藤主計が顔を伏せた。

「どうした、近藤」

大久保加賀守が近藤主計の態度に疑問を感じた。

「見張るだけではいけませぬのか」

すでに近藤主計には大久保加賀守から、本多政長が江戸へ入ったかどうかを板橋宿で見張るようにとの指図が出されていた。

「話が変わったのだ」

大久保加賀守が状況の変化だと言った。

「……止めておかれたほうが……」

脅えた顔で近藤主計が大久保加賀守に上申した。

「なぜだ。理由を申せ」

大久保加賀守が、近藤主計に命じた。

「…………」

近藤主計が逡巡《しゅんじゅん》した。

「さっさと言え。余は忙しいのだ。そなたていどのためらいにつきあっている暇はない」

厳しい声で大久保加賀守が急かした。

「は、はいっ。じつは……」

叱られた近藤主計がかつて本多政長の娘琴を狙った経緯を語った。

「……捕まった同志が吾《わ》が屋敷の庭に投げこまれたのでございますが……それはもう悲惨な姿でありました」

「その話、聞いておらぬの。余は、そなたをかばうときに、すべてを話せと命じたはずだが」

聞き終わった大久保加賀守は、本多政長のむごさではなく、黙っていた近藤主計を責めた。

「申しわけございませぬ。かかわりないことと思い、失念いたしておりました」

近藤主計が頭をさげた。

「ふん。恥の上塗りを避けたのだろう」

大久保加賀守はしっかりと見抜いていた。

「よいな。今までのような緩い対応では、そなたたちを救うことは叶《かな》わぬ」

おまえたちのためだと大久保加賀守がまず言った。

「内記、本多政長が江戸屋敷へ入ったならば、横山大膳は筆頭家老から外される。そうなれば、今回の騒動の責任を負うことになる。本多政長は甘くないぞ」

「…………」

「近藤、おまえもわかっておろう。加賀藩へ手を出して逃げ出した分家の家老を見逃してくれはすまい。それとも奥州か、九州へでも逃げるか。そのときは、余の援助もなくなると思え。おまえが生き残るには上様におすがりするしかないのだ」

「…………」

大久保加賀守から通告された二人はなにも言えなくなった。

「わかったならば、下がれ。おまえたちで話をしろ。安心いたせ。おまえたち二人で本多政長を討てとは言わぬ。家臣どもから選《え》りすぐった者を貸してやる」

さっさと出ていけと、大久保加賀守が手を振った。

三

大久保加賀守から邪魔だと放り出された二人は、廊下で待っていた大久保家の家臣から別室へ案内された。

「こちらをお使いください。わたくしは大久保家近習の二保金吾《ふたまたきんご》と申しまする」

　案内した家臣が、名乗った。

「殿より、お二方さまのお手伝いを命じられておりまする」

　二保金吾が、説明を続けた。

「さきほど、殿が仰《おお》せられました通り、お二人には家中の遣い手八名が同行いたしまする」

「八名……」

「少ない」

　二保金吾の言葉に、近藤主計が不安そうな顔をし、横山内記長次が不満を口にした。

「横山さま、おもしろいことを仰せになる」

　ていねいだった二保金吾の雰囲気が変わった。

「なにも当家は人手を出す義理はございませぬ。ご不満ならば、殿に申しあげて参りましょう。横山さまは、独自になさると」

「ま、待ってくれい」

　二保金吾に突き放された内記長次が慌てた。

「な、なにをすればいい」

内記長次が二俣金吾に問うた。

「兵をお出しいただく」

「当家の者を手勢にすると」

「いかにも」

二俣金吾がうなずいた。

「どのくらい出せばよいのだ」

「すべて」

「……すべてか」

内記長次が要求に一瞬の間を空けた。

「ああ、もちろん、剣も振れぬようなお方は不要でござる。戦える者だけでけっこう」

「戦える者、すべて」

二俣金吾の付けた条件を内記長次が繰り返した。

「承知した」

この瞬間、二俣金吾と内記長次の格付けが決まった。

「拙者は、一人でござる」

国元から単身で逃げ出してきた近藤主計がおずおずと言った。

「存じておりまする。貴殿には金子を用意していただきまする」

「金子……いかほどでござろう」

二俣金吾の求めに、近藤主計が問うた。

「横山さまが、すべての家臣を差し出されるのです。近藤どのも全部出されてしかるべきかと」

旗本の横山内記長次と陪臣の近藤主計では、敬称が変わる。二俣金吾と近藤主計はともに大名家の家臣で同格であった。

「全部はさすがに……」

近藤主計が渋った。

富山から逃げ出すときに、近藤主計は一族も家臣も見捨てたが、屋敷に置いてあった金はしっかりと持ちだしていた。

「いくらならば」

「二十両、いや五十両なら」

二俣金吾に訊かれた近藤主計が金額を述べた。

「お手持ちの半分以下とは、話になりませぬな」

鼻で二俣金吾が笑った。

「知っておられるのか、拙者の懐《ふところ》を」

「あまりのんびり風呂など浸《つ》かられぬことですな」

目を剝いた近藤主計に二俣金吾が忠告した。

「なんと。他人の懐を探られたと言われるか」

近藤主計が怒った。

「当たり前でございましょう。主家といえる本家を襲い、失敗したら逃げ出すような輩《やから》を屋敷のなかへ受けいれるのでございますぞ。みょうなものをもちこんでいないかどうか、たしかめないわけはありませぬ」

警固を担う近習として当然のことだと二俣金吾が反論した。

「うっ……」

家臣として主君の安全を図るのは義務である。近藤主計が詰まった。

「二百両と少し、お持ちでございますな」

追い撃つように二俣金吾が総額を口にした。

「そうでござるが、これをすべて出してしまうと、拙者の未来《さき》が……」

近藤主計が気弱になった。

「金があっても首がなければ、遣えませぬな」

「…………」

冷たい二俣金吾に近藤主計が絶句した。

「本多政長を片付けられなければ、貴殿はどうなさるおつもりか。うまくいけば、新たに仕官もできましょうが、失敗した者を当家は保護いたしませぬぞ」

「そんな約束が……」

「約束には、保証が要《い》りまする。貴殿は、その保証をなしておりませぬ」

激しかけた近藤主計に二俣金吾が水を掛けた。

「二百両を持って、当家を去り、二度と近づかぬか。それをすべて差し出してでも、本多政長を討ち、あらたな日々を手に入れるか」

二俣金吾が決断を迫った。

「こんな、こんな思いをするのも、本多政長が邪魔をしたからだ。そうでなければ、今ごろ、拙者は加賀藩で筆頭家老の職と二万石を得ていたはずだ」

追い詰められた近藤主計が混乱した。

「本多政長めえ、許さぬ」

近藤主計が呪詛《じゆそ》を放った。

「では、お出し下され」

あくまでも冷静に二俣金吾が金を要求した。


屋敷のなかで響いた槌音《つちおと》が、横山玄位のもとまで届いた。

「なんだ、あの音は」

御用部屋を占拠しながらも、何一つしていなかった横山玄位が怪訝な顔をした。

「見て参りましょう」

横山玄位家の家臣が、走っていった。

「なにか知っているか」

御用部屋に毎日出てきて、待機している御殿坊主に、横山玄位が問うた。

「あいにく、わたくしどもは、御用については見ず、聞かず、話さずでございまする」

御殿坊主が首を横に振った。

「筆頭江戸家老の余が命《めい》でもか」

「殿さま以外のお方には、口を開かぬのが決まりでございまする」

迫った横山玄位にも御殿坊主は揺らがなかった。

「それが加賀藩を危うくするとしても」

「わたくしごときの考えることではございませぬ」

脅すような横山玄位にも、御殿坊主は変化しなかった。

「ちいっ」

横山玄位が舌打ちをした。

武士にとって身分や格は重い。御殿坊主は御用部屋にも出入りし、政の秘事も耳にするが、身分は武士ではなく、小者より少し上ていどでしかない。身分軽《かろ》き者には、責任がないというのが、武家の考えであり、御殿坊主に家の運命まで背負わせるわけにはいかなかった。いや、それを強《し》いたならば、横山玄位と同格になり、そのように扱うことになる。

「殿」

駆けていった家臣が帰ってきた。

「どうであった」

「お長屋の一部が取り壊されておりまする」

家臣が報告した。

「長屋が……理由はなんだ」

「普請を監督しているお方に伺いましたところ、傷みが激しくなったゆえ取り壊し、新しく建てるとのことでございました」

「ふむ。で、取り壊しの長屋はどこだ」

「与力方のためのお長屋でございまする」

確認した横山玄位に、家臣が告げた。

与力は、幕府でいうところの御家人になる。藩主への目通りはかなわず、石高も数十石から数百石ていどと加賀藩では少ない。さすがに足軽のような棟割りではないが、部屋数も少なく、平屋建ての狭いものであった。

「与力どものか。ならば、問題はないの」

横山玄位が気にせずともよいと判断した。

「それより、今日はまだ大叔父がお見えでないの」

ふと横山玄位が、横山内記長次が遅いと気にしだした。

「少し遅れるとのご使者がお出ででございました」

「そうか。ならば、大叔父が来る前に、やるべきことをするか」

「今日はどちらへ」

腰をあげかけた横山玄位に家臣が尋ねた。

「留守居役どもじゃ。あやつらなら、藩のことを知っておるだろ」

横山玄位が述べた。


藩邸の騒動を知りながらも、留守居役は平常通りの毎日であった。なにせ、留守居役は藩の外交を担う。外交は相手があるため、こちらのつごうだけで予定を変えるわけにはいかないし、そのようなまねをすれば、一気に信用を失ってしまう。

六郷大和《ろくごうやまと》を頭《かしら》と戴く加賀藩留守居役は、夜の宴席への準備をおこなっていた。

「五木《いつき》、今日はどこだ」

「吉原《よしわら》の三浦屋《みうらや》で、水戸《みと》さまのお留守居山根《やまね》さまとお目にかかる予定でござる」

六郷から問われた五木が答えた。

「吉原ならば、大事ないな。帰りの駕籠の手配もしてくれるからの」

ほっと六郷が安堵した。

「勘定方《かんじょうかた》が閉じているのはどうにかなりませぬか」

別の留守居役が困惑していた。

「いたしかたなかろう」

横山内記長次にはかつて苦い思いをさせられている。六郷があきらめろと言った。

「ですが、金が……」

留守居役が口ごもった。

幕府役人や他藩の留守居役と会うのが留守居役の仕事である。そこで歓待して、機嫌をよくさせてこちらの要求を呑《の》ませるのだ。

いわば接待であり、喰《く》わせ、呑ませ、抱かせなければならない。となれば、当然金が要る。その金を留守居役は、勘定方から受け取っていた。

「立て替えておけ。いずれ、返してもらえる」

「……もう」

六郷の指示に、留守居役がうつむいた。

「おい、まだ勘定方が閉じて二日目だぞ」

五木が驚愕《きょうがく》した。

「それが、昨夜の宴席が、普請奉行さまでございまして……」

「お手伝い普請か」

六郷が苦い顔をした。

幕府が大名に負担をかけるためにおこなう江戸城修復や寛永寺《かんえいじ》増築などがお手伝い普請であり、五代将軍綱吉と争った形になった加賀藩は、今、その標的となっている。一度喰らえば数万両の金が費やされるお手伝い普請は、百害あって一利なしだけに、なんとしても避けたい。

加賀藩の留守居役たちは、普段以上の気遣いで幕府要路の接待を繰り広げていた。

「今日はどなたさまとだ」

「勘定組頭の逸田《はやた》さまでございまする」

六郷に問われた留守居役が答えた。

「逸田さまといえば……」

「浅草門前の茶屋梅の香をお好みで」

首をかしげた六郷に五木が教えた。

「門前茶屋か……それも当家出入りではないな」

「はい」

六郷に確認された留守居役が首肯した。

「ならば節季払いとはいかぬの。どのくらいかかる。梅の香という茶屋は知らぬので、儂にはわからぬ」

「逸田さまは、かなり派手になさいますので、総揚げに近く、昼前から夕刻までで、およそ十五両は……」

六郷の問いに、留守居役がおずおずと言った。

「十五両とは、また派手な。吉原で太夫《たゆう》を揚げたほうが安いくらいだの」

聞いた六郷が目を剝いた。

吉原で名のある太夫を相手に遊ぶと、揚げ代の他に宴席代、付け人への心付けなどが要り、一度で十両はかかった。

「総揚げでなければ、顔が差すと」

留守居役が申しわけなさそうな顔をした。

「御上の勘定組頭となれば、それも無理はないか」

勘定組頭は勘定奉行の配下で、数多い勘定衆を取り仕切る。幕府の政策にもかかわる勘定奉行にかわって、勘定所を差配するだけに、その権力は大きい。

身分はお目見《めみ》え以上だが、算勘《さんかん》の才能があれば御家人からでも出世できるだけに、注目を浴びやすかった。

「先代さまの御墓所整備に伴い、寛永寺参道を広くするというお話が出ているそうでございまして……」

「参道か。となれば、さほどの金額にはならぬな」

「いや、当家に押しつけるとあれば、広げた参道にふさわしい山門もとなりましょうぞ」

無理をしなくてもいいかと言った六郷に、五木が首を横に振った。

「……ありえるな」

六郷が苦虫を嚙《か》みつぶしたような顔をした。

寛永寺は幕府の祈願寺として、三代将軍家光によって建立された。その祈願寺に四代将軍家綱が葬られた。これは祈願寺だけでは、菩提寺《ぼだいじ》の増上寺《ぞうじょうじ》に比して財政的に厳しいと感じた寛永寺の猛烈な誘致運動の結果であった。なにせ祈願寺は寺領以外には、なにか幕府から祈願があったときにしか、布施がもらえない。しかし、菩提寺になれば、命日だ、法要だとこまめに金がもらえる。

「菩提寺にふさわしい山門か。どれくらいかかる」

「一万両では足りますまい。菩提寺と祈願寺を兼ねた山門でございまする。三万両はかかりましょう」

留守居役が金額を推測した。

「冗談ではない。今の加賀藩にそんな余裕はない」

六郷が大きく手を振った。

百万石とはいいながら、冷害に遭《あ》いやすい加賀や能登《のと》の物成りは不安定であった。しかも豊作はあまりなく、凶作が多い。なんとか、幕府に隠れての鉱山開発、抜け荷などの儲《もう》けで石高以上を維持しているが、こういったものは表に出せなかった。裏を除いた加賀藩の収支は赤字に近いのだ。そこに三万両もの支出は痛い。

「逸田さまのご機嫌は取らねばならぬな」

六郷が懐から紙入れを出した。

「十両しかないが、遣え」

「五両は拙者が」

金を出した六郷からちらと見られた五木が従った。

「かたじけのうございまする」

押しいただいた留守居役が、急いで留守居役控えの間を出ていった。

「やれ、これで儂も金欠じゃ」

「わたくしも」

六郷と五木が顔を見合わせて苦笑した。

「留守居役ども、おるか」

入れ替わるように横山玄位が留守居役控えにやってきた。

「これは横山さま。なにか御用でございましょうか」

六郷が姿勢を正した。

「二人だけか。他の者はどうした」

さっさと上座に腰をおろした横山玄位が訊いた。

「皆、お役に出ておりまする」

「ふん、また遊興か。よい身分だの」

答えた六郷に、横山玄位が鼻を鳴らした。

「……………」

六郷も五木も反応しなかった。

「まったく、留守居役など金食い虫でしかない。余が筆頭宿老であれば、とっくに廃止しておるものを」

「お言葉ではございますが、藩としてのつきあいをおろそかにするのは、よろしくないかと」

五木が反論した。

「つきあいで吉原に通う。これが正しいと申すか。つきあいならば、互いの藩邸を訪ね合って、茶を飲みながら話をするだけでもよかろう」

「それでは本音を聞けませぬが……」

横山玄位に五木が意味がないと告げた。

「愚か者が。これだから小身の者は度しがたい。よいか、こちらは百万石ぞ。他に並ぶ者のない大藩じゃ。下手に出るゆえ、そういった宴席などをしなければならなくなる。堂々としておれば、皆が折れるものじゃ」

「……御上のお役人にはどういたしますので」

放言した横山玄位に五木が問うた。

「お屋敷へ音物《いんもつ》を届ければすむ」

「それでは、お話ができませぬ」

五木があきれた。

「わからぬのか。人は金やものをもらうと弱い。受け取ってしまえば、こちらの求めに応じてくれる。酒を呑ませ、女を抱かせずともよいのだ」

「………………」

自説を披露する横山玄位を二人の留守居役が冷たい目で見た。

「わかったか。留守居役は長々と無駄金を遣ってきたということが」

「ご用件は、それでございますか」

感情のこもらない声で六郷が再度尋ねた。

「用件はこれではない。今のは心得を説いたのである」

横山玄位が否定した。

「そなたが、留守居役のまとめか」

「はい。わたくしが肝煎《きもいり》の六郷大和でございまする」

問われた六郷があらためて名乗った。

「ふむ。では、そなたに訊きたいことがある。今、加賀藩前田家として、なにかしら他家へ頼みごとをいたしておらぬか」

「当家が他家へ頼みごとでございますか。たとえば、どのようなものでございましょう」

六郷が首をかしげた。

「……それくらいわかるであろう。他人がなにを求めているかを推察するのが、留守居役であろうが」

ちょっと詰まった横山玄位が六郷に喰ってかかった。

「さすがに、他人がなにを考えているかは、わかりませぬ」

六郷が首を左右に振った。

「ええい、なんでもよい。そうじゃ、そなたは今、なんのために宴席へ出ておる」

「わたくしでございますか……今は、近隣組方と参勤交代路の打ち合わせなどでございまする」

「参勤だと。先日終わったばかりではないか」

「来年の布石でございまする。近づいてからでは、なにかあったときの対応が遅れまする。もし、参勤交代の通行を拒まれるようなことになれば、大事になりまするし」

怪訝《けげん》な表情になった横山玄位に六郷が告げた。

「参勤交代の通行を拒むなどあり得まい。参勤は御上のお定めぞ。それを邪魔すれば、お咎めを受ける」

将軍に奉公するため、大名は一年江戸に住む。その通行を拒むのは、将軍へ対する反感と取られても当然であった。

「理由などいくらでもつけられまする。街道が破損した。疫病《えきびょう》が街道筋で発生した」

「偽りを申すというか。そのようなもの、調べたらすぐにばれるだろう」

六郷の話に、横山玄位がかえってまずいことになると返した。

「誰が調べるのでございますか。御上は、大名の領内まで目付を出しませぬ」

幕府は基本として大名同士のもめ事に口出しをしなかった。

六郷が横山玄位に手を振った。

「我らが調べて、御上へ訴え出れば……」

「大名が他領に手出しをする。それこそ、逆に侵犯だと訴えられまする。ここに目付を迎えてもよろしいと」

「むっ」

言い返された横山玄位がうなった。

「ですから、そうならぬように今から準備をしておりまする。なにぶん、当家の参勤交代は規模が大きく、通行路にあたる諸家さまには、いろいろな気遣いをお願いすることになりますので」

六郷が手抜きはできないと断言した。

「では、そなたはどうじゃ」

今度は横山玄位が五木に目を付けた。

「本日は控えの当番でございますれば、ここに詰めております る」

「当番……とはなんだ」

五木の発言に横山玄位が首をかしげた。

「留守居役の一人が控えに残り、万一に備えるのでございまする」

「万一だと……留守居役に万一などあるまいが」

横山玄位が疑わしそうな顔をした。

「いえ、そうではございませぬ。留守居役以外の者が、気になるような噂《うわさ》を聞きつけてくることもございまするし、御上お役人さまのご機嫌を他の留守居役が損じた場合の尻拭いとか、いろいろとございまする」

「そうか」

五木の説明を横山玄位が受け入れた。

「では、そなたは当家が今、なにを怖れていると考える」

横山玄位が訊きかたを変えた。

「怖れているもの……さようでございますな。やはりお手伝い普請でございましょうや」

「他には、なにか村井から格別に扱えといわれたものはないか」

当たり前の答えを返した五木に、横山玄位が次の質問を述べた。

「村井さまから……ございませぬ」

「隠すとためにならぬぞ」

否定した五木を横山玄位が脅した。

「なにも隠してはおりませぬが……なにか筆頭家老さまにご都合の悪いことでも」

「都合の悪いことなどなにもないわ」

怪訝な顔をしながら質問を投げた五木に、横山玄位が大きな声を出した。

「……殿」

足音が近づき、廊下に横山玄位の家臣が手を突いた。

「どうした」

「横山内記さまがお戻りになられましてございまする」

家臣が横山玄位に告げた。

「そうか。今、行く」

横山玄位が応じた。

「出ていったの」

「はい」

六郷と五木がため息を吐いた。

「御用部屋と勘定方が頑《かたく》ななので、こちらに矛先を向けたというのは、なかなかよいが、我らの真意を見抜けぬようではの」

「まだまだお若い」

首を左右に振る六郷に五木が同意した。

「素質はよいものをお持ちだが、まだまだ経験不足だの」

「瀬能のようにこき使えれば、数年でそこそこにはできましょうが……」

「筆頭江戸家老さまじゃ。我らが鍛えるわけにもいくまい」

「まあ、わたくしどもには責任のないことでございますな。どうせ、殿が厳しくしつけられましょう」

「殿だったらよいがの。筆頭宿老の本多さまだったら……」

「怖ろしいことで」

六郷と五木が、顔を見合わせた。

御用部屋で待っていた横山内記長次の険しい表情に、横山玄位が息を呑んだ。

「いかがなされた」

「叱られて参ったわ」

内記長次が苦く頰《ほお》をゆがめた。

「お叱りを……どなたさまから」

「御上のお偉いお方さまじゃ」

横山玄位の問いを内記長次がごまかした。

「お偉いお方さま……上様っ」

推測した横山玄位が顔色を変えた。

「ふがいないとの仰せじゃ」

横山玄位の誤解を解かず、内記長次が述べた。

「進展は……」

「……それが」

内記長次に尋ねられた横山玄位が萎縮した。

「情けない」

「申しわけなし」

嘆息する内記長次に、横山玄位がうつむいた。

「なにをしていた。まさか、手をこまねいていたわけではなかろうな」

内記長次が問うた。

「それはござらぬ。朝から……」

横山玄位が語った。

「……長屋を解体しているだと」

「古くなった与力どもの長屋を壊し、新しいものに替えると」

驚く内記長次に横山玄位が告げた。

「御用部屋と勘定方が仕事をしていないのに、長屋の解体だと。おかしいではないか」

「あらかじめ決まっていたのならば、不思議ではございますまい」

横山玄位が首をかしげた。

「ええい、少しは考えろ。勘定方に誰もおらぬのだぞ。人足どもの賃金は誰が払う」

「……あっ」

「ついて参れ」

唖然《あぜん》とした横山玄位を急かして、内記長次が早足で御用部屋から出た。

玄関を出て、表御殿を迂回《うかい》して庭をこえれば、長屋になる。加賀藩上屋敷の長屋は、何軒もの長屋が一つにまとまって棟をなし、その棟が身分ごとにいくつかまとまっていた。

「……遅かったか」

内記長次が解体のすんだ長屋を見て臍《ほぞ》を噛んだ。

「いや、まだ幾棟か残っておりまする」

続いた横山玄位が指さした。

「おう。待て、待て、それ以上、壊すな」

内記長次が大声で人足たちを抑えようとした。

「どちらさんで。お邪魔はなさらないでいただきたいんでござんすがね。今日中にこの建物全部を片付けなきゃいけませんので」

人足の棟梁《とうりょう》が近づいてきた。

「前田家筆頭江戸家老の横山じゃ。これは誰の指図か」

横山玄位が内記長次の前に出た。

「これはご家老さまでございましたか」

棟梁が頭をさげた。

「これは村井さまのお指図でございまする」

「村井か。ならばよい、止めよ」

棟梁の答えを聞いた横山玄位が命じた。

「ですが、今日中にすませよと厳命されておりまして……」

言いにくそうに棟梁が拒んだ。

「村井は次席じゃ。吾《われ》こそ筆頭。吾が止めよとそう言っておるのだ」

「へい。おい、みんな。今日はここまでだ」

江戸家老筆頭の命に出入りの棟梁が逆らえるわけもない。棟梁が作業の中断を宣した。

「……へえい」

大きく響いていた槌音が止まった。

「どけっ」

内記長次が人足を突き飛ばすようにして、残っていた長屋に踏みこんだ。

「……なにもない。ええい、次だ」

一軒のなかをあらためて出てきた内記長次が、次の長屋へと入った。

「ここも同じか」

内記長次が肩を落とした。

「大叔父どの……なにをお探しか」

ようやく横山玄位が質問できた。

「闘争の跡じゃ。襲われてなかにまで入りこまれていたならば、障子が割られたとか、壁に穴が空いているとか……」

「なるほど」

内記長次の言葉に、横山玄位が納得した。

「ならば問いましょうぞ。そなた、長屋でなにか気づいたことはないか」

「あいにく。あっしは外で差配するだけでございますので」

横山玄位に訊かれた棟梁が首を横に振った。

「他の者どもはどうだ」

横山玄位が、その場にいる人足たちに顔を向けた。

「…………」

人足たちが戸惑った。

江戸家老筆頭ともなると、人足たちからすると雲の上になる。問われたからといって、そう簡単には応じられなかった。

「かまわぬ。なんでもよい」

横山玄位が催促した。

「…………」

「皆で酒でも呑め」

まだなにも言わない人足たちに内記長次が金を与えた。

「一分金を二枚も……こいつはどうも」

受け取った棟梁が礼を言った。二分は一両の半分、銭で二千文ほどになる。人足が行くような煮売り屋なら、十人以上が腹一杯に飲み食いできる。

「おい、酒手をいただいた。で、誰か、なにか気になったことはないのか」

棟梁が人足たちへ声をかけた。

「あのう……」

「九兵衛《きゅうべえ》か。どうした」

手をあげた若い人足を、棟梁が促した。

「あっちの長屋の壁に黒い染みが……」

「黒い染み……血の跡だな。ようやく摑《つか》んだぞ」

九兵衛と呼ばれた人足の発言に、内記長次が口の端を吊《つ》り上げた。

第四章　筆頭の矜持《きようじ》

一

足軽継《あしがるつぎ》の報告を受けながら、前田綱紀は何一つ動こうとしなかった。

「殿、急いでご命令を」

一門で家老の一人前田備後《びんご》直作《なおなり》が綱紀を促した。

前田直作は、加賀《かが》藩初代前田利家の次男利政《としまさ》を祖とする。関《せき》ケ原《はら》の合戦で西軍に与《くみ》したことで能登《のと》一国を失った利政を哀れんだ利家の妻まつが、その長男直之《なおゆき》を加賀藩に仕えさせたのが始まりである。窮迫《きゆうはく》していた利政一門を救ってくれた前田宗家に恩を感じ、綱紀への忠誠も厚い。

「いや、足軽継では横山が納得いたさぬやも知れませぬ。どうぞ、わたくしを代理として江戸へお遣《や》りくださいませ」

前田直作が求めた。

「無理を申すな。今、おまえを江戸へ遣る余裕などないわ」

藩政の書付《かきつけ》を処理しながら、綱紀が却下した。

「ですが、このままでは江戸屋敷が……」

「手が止まっているぞ、備後」

まだ喰《く》い下がる前田直作へ綱紀が指摘した。

「殿、そのような悠長なことを」

「あのな。なぜ、余《よ》がそなたと二人で、朝から書付と戦っているのだ」

綱紀が書付から顔をあげて前田直作を見つめた。

「えっ」

前田直作が一瞬困惑した。

「いつもこういった面倒事は、爺《じい》がやっている。爺が目を通し、どうしても余が見なければならぬものだけが手元に届くのが普通だ」

「本多さまがおられない」

「そうだ。そして爺は江戸へ向かっている」

「ですが、本多さまは江戸屋敷での顚末《てんまつ》をご存じないのではございませぬか」

前田直作が疑問を口にした。

「足軽継が碓氷峠《うすいとうげ》の手前で会ったと申していた」

「では……」

「爺がなんとかするだろう。きっと余よりもうまくな」

綱紀が書付へと目を戻した。

「いいか、爺が金沢へ帰ってきたとき、政務が滞《とどこお》っていたらどうなると思う。余だけではないぞ、そなたももう一度爺の教育を受けることになる」

「……急ぎまする」

嘆息しそうな綱紀に前田直作がうなずいた。

数馬たちは本庄宿《ほんじょうしゅく》で江戸へ入る前日を過ごした。

「早立ちすれば、明日中には屋敷に着ける」

湯上がりの本多政長が、一同を前に話をした。

「これ以上なにもなければという条件がつくがの」

本多政長が付け加えた。

「そうはいきますまい」

数馬が否定した。

「どうしてそう思う」

本多政長が問うた。

「あれ以来、江戸から国元へ向かう足軽継、あるいは家中の者の姿を見ませぬ。つまり、まだ藩邸は横山さまの支配下にあると考えるべきでございましょう」

「うむ。そうだ」

数馬の回答を本多政長が認めた。

「では、どのような手立てが考えられる。いや、これは訊《き》くまでもないの。板橋の宿場に至る前に我らを迎え撃とうと人を配置する」

「おそらくは」

本多政長の意見を数馬も支持した。

「どのくらい出すかの、刑部《おさかべ》」

「こちらの人数を把握しているかどうかで変わりましょうが……二十名ほどではないかと」

尋ねられた刑部が答えた。

「横山内記は五千石じゃ。家臣全部をあわせて百人ほどか。そのうち戦えるのは、半分というところかの。だが、そのすべてを出すわけにはいかぬ。己《おのれ》の警固《けいご》も要《い》る」

「はい。襲うほうは襲われることも考えておりまする。命を捨てて殿のお命を狙って来るならば己が陣頭に立ちましょうが、そうでなければ半分は手元に残したくなるかと」

「横山大膳《だいぜん》はどうみる」

「二万七千石ではございますが、国元に半分は置いておられますする」

江戸家老とはいえ、本拠は金沢なのだ。年貢を集める領地も加賀国にある。家臣すべてを江戸へ連れて行くわけにはいかなかった。

「およそ四百ほどの家中、その半分が江戸として二百、大膳さまの警固に百割いて……」

「百も出すと」

刑部の説明に、数馬が絶句した。

「最後まで聞け」

本多政長が叱《しか》った。

「……百出せますが、そうなれば加賀藩上屋敷を押さえるだけの人手が足りなくなりまする」

「ああ」

屋敷のことを数馬は勘定に入れていなかった。

「本郷《ほんごう》の上屋敷は広い。とても横山大膳の家臣だけで、そのすべてを押さえることはできぬ。よくて諸門の出入りを止めるのと、御用部屋、勘定所などの重要な場所に人員を配するくらいだろうが、それでも五十名では足りぬ。交代も要る。おそらく大膳が儂《わし》に向かわせられるのは、せいぜい十名」

本多政長が勘定をした。

「合わせて三十名……それでも多い」

数馬が腕を組んだ。

高崎《たかさき》宿付近で横山内記長次、横山大膳玄位《はるたか》が出したと思われる足軽継対策の人数を片付けるため別行動となった軒猿《のきざる》はすでに合流を果たしている。それでも、数馬たち一行は十名足らずでしかなかった。

「三倍はきつい」

戦いにおいてもっとも優劣をつけるのが数の差であった。よほど腕に違いがなければ、倍する敵を撃破するのはかなり厳しく、三倍となればさらに困難になる。

「厳しいか、数馬」

本多政長が訊いてきた。

「勝てぬとは申しませぬ。ですが、皆無事で切り抜けるとか、相手を殲滅《せんめつ》させて後続との連絡《つなぎ》をさせぬというわけにはいきますまい」

数馬が首を横に振った。

一対三というのは一対二とはかなり状況が変わった。一対二ならば、せいぜい前後で挟《はさ》み討《う》たれるか、左右から迫られるですみ、警戒がしやすい。左右ならば両方が見えるため、少しでも早くかかって来るほうからの対処ですむ。前後に挟まれたところでも後ろにいるとわかっているのだ。気を配るくらいは簡単にできる。

しかし、一対三となると話は違った。左右と背後、あるいは扇形、前に一人後ろから二人と、注意が散らされる。

また、板橋は江戸に含まれてはいないが、相手の本拠地に近い。戦いの最中に一人でも逃がせば、増援を呼んでくるかも知れない。

無限とはいわないがそれでも次から次と襲いかかられては休む間が取れず、体力を消耗《しょうもう》してしまう。

「無事ではすまぬか……」

数馬の言葉を受けて、本多政長が一同の顔を見た。

「決死の面をするな」

本多政長が軒猿たちを注意した。

「ですが……」

「おまえたちが横山ごときの家臣と引き合いになるか」

反論しかけた刑部を本多政長が抑えた。

「少し遠回りになるが、板橋を避ければすむ話だろうが。さすがに江戸に入ってから三十人などという他人目《ひとめ》に付く人数で襲い来られるわけはなし」

本多政長が告げた。

江戸は将軍の城下町で、いわば天下安泰の象徴なのだ。ここで争闘などあっては、綱吉の名前に傷が付く。それこそ、喧嘩《けんか》両成敗は避けられない。

「横山内記も大膳も、本多家と相討ちにはなりたくあるまい。もちろん、儂も御免じゃ。本多の家と引き合いにするならば、少なくとも大久保加賀守でなければの」

「少なくとも……」

数馬が本多政長の言葉に引っかかった。

「ふふふふ」

それには答えず、本多政長が含み笑いをした。

「聞かぬほうが良さそうでございますな」

「まだ、そなたには早いわ」

逃げ腰になった数馬に、本多政長がうなずいた。

「遠回りと言われましたが、どのように」

数馬が話を変えた。

「ここから五里（約二十キロメートル）ほど江戸へ向かったところに熊谷《くまがや》の宿場がある。存じておろう」

「はい」

「その熊谷から相模国大山《さがみのくにおおやま》へ向かう大山道が分かれている」

「大山道……でございますか」

本多政長に言われた数馬が首をかしげた。

「大山阿夫利《あふり》神社への参詣街道じゃ。大山阿夫利神社とは、修験道の道場でもある。晩夏から初秋の一ヵ月弱しか登山は許されぬが、農耕、立身出世に霊験あらたかとして崇敬されておる」

「はあ……」

「どうでもよいと言いたい顔じゃの。たしかに参詣するわけではないから、霊験があろうがなかろうがかかわりはない」

興味のなさそうな数馬に本多政長が苦笑した。

「まあ、そういう道があると知っておけばよい。ようは、熊谷から大山道へ入り、松山《まつやま》、坂戸《さかど》、二本木《にほんぎ》などを経れば、八王子《はちおうじ》に着く」

「八王子といえば、甲州《こうしゅう》街道の」

そこまできてようやく数馬が思いあたった。

「そうじゃ。八王子から甲州街道を下れば、内藤《ないとう》の新宿《しんじゅく》じゃ」

本多政長が首肯《しゅこう》した。

「かなり遠回りになるため、もう一夜府中《ふちゅう》宿あたりで泊まらねばなるまいが、邪魔されることはまずなかろう」

「おおっ」

数馬が感心した。

「明日朝は、夜明け前に発《た》つ。今日はさっさと休むぞ」

「承知いたしましてございまする」

本多政長の指図に数馬が従った。

「刑部」

「お任せを。江戸屋敷へ走りまする」

呼ばれただけで、刑部が用件を悟った。

「嫌な予感がする。一度、本郷の上屋敷に寄り、佐奈と連絡《つなぎ》を取れ。その結果、要りようならば行列を新宿で仕立てる」

「はっ。では」

本多政長からの指示を受けた刑部が宿から消えた。

二

「嫌な予感とは、どのような」

数馬が問うた。

「わからぬが、あまりに静かすぎる気がしておる。我らは二度、横山の手を排除している。それに対する反応が見えぬ」

「出しっぱなしでは、おかしいと」

「ああ。儂の出府を知っているのは確かだろう。上様からの召喚《しょうかん》とはいえ、国元の宿老が出府するには御上への届け出が必須じゃ。儂もすでに出しておる」

「横山さまのもとにもその報せが回っているはず」

「裏におる者から伝えられておるはずじゃ。でなければ、この時期に藩邸を押さえる意味がない」

本多政長が首を横に振った。

「…………」

「わからぬか」

反応できなかった数馬に本多政長が確認した。

「恥ずかしながら」

数馬が頭《こうべ》を垂れた。

「横山大膳が愚かなまねをしたのは、殿が参勤で国元へ帰られたからだ。殿がおられれば、江戸筆頭家老といえどもなにもできぬのだからな」

「それはわかりまする」

前提を話した本多政長に数馬が首を縦に振った。

「殿がおられぬ期間は、来年の春まであるのだぞ。なのに、今、動いた。焦《あせ》りもあったろうが、儂の出府もかかわっているはずだ。なにもかかわりがないならば、儂が国元へ帰ってからでもよかった。そのほうが、余裕もできたろう。藩邸を押さえる、儂の江戸入りを拒むという二手を同時におこなわずともよいのだぞ」

「たしかに」

数馬が同意した。

「しかし、あえて動いた。いや、動かねばならなかった。その理由がある」

「わかりませぬ」

数馬が降参だと解答を願った。

「さすがに無理か。そなたもまだ足りぬの、修羅場の数が」

本多政長が嘆息した。

「まだ足りませぬか」

もう十二分に修羅場は踏んでいると数馬は思っていた。

「荒事の修羅場ならば、儂は決してそなたに勝てぬよ。今まで真剣で戦ったことなどないでの」

本多政長が手を振った。

「儂が言う修羅場とは、謀略のことじゃ。謀、策、遠謀、どのような言いかたをしてもよいが、他人を罠《わな》に嵌《は》めて勝利を得ること。こちらの修羅場では、まだまだそなたはひよっこじゃ」

「ひよっこ……」

越前《えちぜん》ではかなり活躍したつもりであった数馬が悄然《しょうぜん》とした。

「落胆するな。そなたは孵化《ふか》しただけましなのだぞ。大膳なぞ、まだ孵化もしておらぬ。内記にいたっては、孵化することなく腐ったわ」

みょうな比喩《ひゆ》で本多政長が慰めた。

「はあ」

数馬は素直に喜べなかった。

「そんな顔を琴の前でするなよ。尻を蹴飛ばされるぞ」

本多政長があきれた。

「さて、どういう意味かの説明じゃがの。老中大久保加賀守と本多家の確執は知っておるな」

「かつて直江《なおえ》状のこともお伺いいたしましたことで、いささか調べさせていただきました。大御所徳川家康さまから将軍秀忠さまへ天下の権が移されるときに、次代も本多がこのまま握り続けるか、それとも秀忠さまに近い大久保が取るかで争ったとか。本多が家康さまの前に手出しをしたのが本多で大久保家を小田原《おだわら》から追放し落魄させたが、家康さまの死後大久保家の巻き返しにあって宇都宮釣り天井事件となった」

初めて本多家へ招かれたとき、世に言う直江状を前にしながら本多政長から聞かされた話がきっかけになったと数馬は述べた。

「よく覚えていたの。いろいろあったゆえ、忘れても無理はないと思っておった」

本多政長が数馬を褒《ほ》めた。

「たしかに本多家と大久保家の間に確執はございましょうが、今も続いておるのでございましょうか。失礼ながら本多家は本家が滅び分家だけになっておるのに対し、大久保家は老中でございまする。すでに勝負はついていると」

「本当に遠慮がないの、そなたは」

本多家を貶《けな》したに近い数馬に本多政長が苦笑した。

「無礼をいたしました。申しわけございませぬ」

数馬が詫《わ》びた。

「よいさ。その通りなのだからな。本多と大久保の確執なんぞ、もうどうでもよいというのが儂の本音である」

本多政長が数馬の意見に同意した。

「じゃがの、確執というのは一人ではできぬのだ。相手があって初めてできる。すなわち、儂の諦観《ていかん》は大久保家にとってかかわりなどない。大久保家にはまだ本多家への思いがある。悪意がの」

淡々と本多政長が続けた。

「大久保家を一度は潰《つぶ》したのだ。復帰するのにどれだけ苦労したかは本人でなければわからぬが、並大抵のことではなかったろう。なにせ戦国を終えていたとはいえ、世はまだ不穏であり、誰も他人のことを慮《おもんぱか》る余裕などなかったからな」

「何代も前のことでございましょうに」

しつこいと数馬があきれ果てた。

「やったほうは忘れるが、やられたほうはずっと覚えているものだ。他人から見て十分な補償や報復があったと見えても、納得したかどうかは別ものだからな」

「むうう」

本多政長の話に数馬は唸《うな》った。

「そのあたりの機微を知りたければ、直接大久保加賀守に訊いてもらうしかないがの。とりあえず大久保加賀守にとって、加賀の本多は目障りなのだ。本家の枝分かれの旗本もあるが、あちらは往時からすれば見る影もないありさまじゃ。かえって蔑《さげす》みて気持ちを晴らす相手にちょうどよい。だが、加賀の本多は違う。なにせ五万石、ちょっとした大名並の石高じゃ。そのうえ幕府老中とはいえ、陪臣《ばいしん》に直接の手出しは越権と言われかねない」

一度本多政長が茶を啜《すす》った。

「それくらいならば、直臣と陪臣の格差があるわと自らを慰められていたろうが……少し話が変わった」

「殿の五代将軍推戴のことでございますな」

数馬が理解した。

「うむ。あれで大久保は加賀の本多を思い出さされた。格の違いで無視してきた本多が、世に出るかも知れぬとな」

前田綱紀が万一、五代将軍となっていたら、当然その家臣たちの幾人かを腹心として連れてくる。これは綱吉が館林《たてばやし》藩主だったときの家臣のうち牧野《まきの》成貞《なりさだ》や柳沢《やなぎさわ》保明《やすあきら》を直臣取り立てにしていることからもわかる。

となると綱紀が連れてくる一人に本多政長がいても不思議ではない。いや、むしろ連れてきて当たり前であった。それだけ綱紀と本多政長の絆《きずな》は深い。

そうなれば本多政長は五万石の譜代大名となる、そして、まちがいなく綱紀の天下を支える老中に抜擢《ばってき》される。

「儂が殿のもとで老中となれば、大久保家は御用部屋から放逐《ほうちく》される。やられたことをやりかえされると大久保加賀守が考えたとしてもおかしくはなかろう」

「ですが、実際のところ殿は五代将軍になられませんでした」

条件が違っていると数馬が否定した。

「数馬、上様のお世継ぎさまはお一人しかおられぬ。そして幼い。いつまた殿にお鉢が回ってこないとも限らぬし、今度も断るという保証はない」

「……まさかっ」

本多政長の言葉に数馬が驚愕《きょうがく》した。

「儂はせぬし、殿もなさらぬ。加賀は将軍に興味はない。だがな、子供の命ほどはかないものはそうそうない。上様のお世継ぎ徳松君さまは、まだ三歳だという。七歳の祝いを過ぎるまで油断はできぬ。なにより悪意は江戸にある」

「悪意が江戸にあるとは……」

数馬は怖れを抱いていた。

「言わずともわかれ。でなくば危なくて執政などできぬぞ。どこで誰が聞いているやも知れぬのだ」

本多政長がうかつだと数馬を叱った。

「ですが……」

「今の上様にすんなりと五代将軍の座がいかなかった理由を考えてみよ。さすればわかるはずじゃ」

これについては教えないと本多政長が告げた。

「話を戻すぞ」

本多政長が徳松の命から話を変えると言った。

「はばかりながら、儂は殿の知恵袋じゃ。儂が殿を育てあげたとも言える」

「はい」

本多政長の自負を数馬も認めた。

「つまり儂がいなくなれば、かなりの打撃を殿に与えることができる」

「本多さまを害するために江戸へ呼んだ」

数馬が息を呑《の》んだ。

「害するだけが、儂を殿からはずす手段ではないぞ」

もっと深く読めと本多政長が数馬を見た。

「ご譜代お取り立て……」

「そうじゃ」

気づいた数馬に本多政長がうなずいた。

「本多家は徳川にとって三河《みかわ》以来の譜代筋である。とくに吾《わ》が祖父佐渡守《さどのかみ》正信は、神君家康さまの幼なじみで腹心中の腹心と呼ばれていた。その本多佐渡守の孫が陪臣であるというのを将軍家が気にしているとなれば、立派な理由になろう」

「従われるおつもりはない」

「ないな。己から大きく開かれている虎の口に飛びこむ気はない」

あからさまな罠だと本多政長が苦い顔をした。

「譜代になれば、加賀の土地は返上せねばならぬ。まさか、加賀藩から領地を受け取りながら譜代大名でございとはいかぬからの。となれば、新たにどこかへ領地を与えなければならぬだろう。それがどこになるか。本多の本願地である三河は無理じゃ。すでに譜代名門の大名が占めておる。では……」

本多政長が口の端を吊《つ》り上げた。

「九州あるいは奥州あたりが有力であろう。九州ならば物成りは悪くないが、参勤交代が遠すぎて負担になる。奥州だと実高は表高の半分もない。それでも上様のご諚《じょう》となれば、断れぬ。譜代大名になるということは、将軍の臣下となることである。主君に逆らうことは武士として許されぬ。嫌がればそれを根拠に本多を潰せる」

譜代大名になれば、衰退するしかないと本多政長が述べた。

「では、上様は本多家を譜代大名とするために江戸へ」

「おそらくはそうだろうが、どうせ大久保加賀守の策に流されただけであろう。まだ、上様に幕府を思うがままにできるだけの力はない」

冷たく本多政長が綱吉を評した。

「それに上様の狙いは殿じゃ。儂を譜代大名にせずとも取りあげられるとあらば、方針は変わろう。大久保加賀守の狙いはそっちだろう」

「今回の本郷の上屋敷の次第も大久保加賀守さまが裏で糸を引いている」

「まちがいなかろう。でなければ、殿からきつく叱られた横山内記や横山大膳が江戸屋敷へ堂々と足を踏み入れるはずはない。強力な後ろ盾《うしだて》があると思えばこその仕業じゃ」

本多政長が断じた。

「よいか、江戸は敵地じゃ。軽々に動くでないぞ。そなたも狙いの一つだと知れ。儂を落とせなかったとき、代わりとなるのがやはりもと旗本の瀬能であると知れ」

「重々気をつけまする」

厳しい本多政長の忠告に数馬が首肯した。

三

大久保加賀守のもとへ血の付いた長屋の破片を横山内記長次は持ちこんだ。

「ついに、ついに見つけましてございまする。これをご覧くだされ」

内記長次が勢いこんで報告した。

「よくやったぞ。これで加賀藩に傷をつけられる。無頼に襲われていながら、御上へはなにごともなかったと偽りを上申した。これは許されることではない」

大義名分を得たと大久保加賀守が快哉《かいさい》を叫んだ。

「畏《おそ》れ入ります る」

内記長次が平伏した。

「早速に御用部屋へはかり、加賀藩の重職を呼び出す手配をせねばならぬ」

「重職ということは……」

窺うような目で内記長次が大久保加賀守を見上げた。

「わかっておろうが。藩主が国元におる加賀藩で今、江戸でもっとも偉いのは横山大膳であろう」

「左様でございまする」

横山大膳玄位が呼び出されると言われた内記長次が迎合した。

「しっかりと言い含めておけ。評定所では余の指示通りにいたせとな」

「承知仕《つかまつ》りましてございまする」

内記長次が承知した。

「で、本多の動きはどうだ」

「いまだ、なんの報告もございませぬ」

質問に内記長次が首を左右に振った。

「どこまで手の者は出しておる」

「もっとも遠くは高崎でございまする」

「高崎から江戸までは三十里（約百二十キロメートル）であったか」

「はい。行列ならばおよそ三日かかりましょう。当家の者には見つけ次第早馬で報《しら》せに戻るように申しつけてございますれば、早くても報せが来てから二日はかかるかと」

確認した大久保加賀守に内記長次が告げた。

「報せがあれば、なにをおいても余にもたらせ」

「はっ」

内記長次が平伏した。

横山玄位と内記長次の二人が長屋の普請場でなにをしたかを佐奈はしっかりと見ていた。

「……よろしくございませぬ」

佐奈が頰《ほお》をゆがめた。

「なんとしてでも本多さまへお報せせねば」

本多政長が綱吉の要求を受け、江戸へ向かっているのを佐奈は知っている。佐奈は本多家江戸屋敷へ事情を報せることにした。

「あれで出入りを見張っているつもりとは」

脇門の一つを横山玄位の家臣三人が六尺棒を持って警戒していた。

「なにやつじゃ」

脇門に近づいた商人を家臣の一人が詰問した。

「酒匂《さこう》さまのお長屋へ通りまする。魚屋でございまする。先日お納めした鯛《たい》の代金をちょうだいにあがりました」

商人が掛け取りだと言った。

「後にいたせ。今、取り込み中じゃ」

すげなく家臣が拒んだ。

「今日、お支払いのお約束をいただいておりますので、なんとかお願いできませんか。すぐにすませますので」

「ならん。今、ここは通行禁止である」

高圧的に家臣が商人に告げた。

「…………」

武士にそう言われたら下がるしかない。商人が俯《うつむ》きながら去っていった。

「どうだ。拙者の対応は。あれだけ強くでれば、あの商人がどこぞの細作《さいさく》であってもあきらめるしかなかろう」

家臣が同僚に自慢した。

「よし、次は拙者にさせてくれ」

別の家臣が身を乗り出した。

「……馬鹿どもが」

脇門近くで様子を見ていた佐奈があきれた。

「商人を追い払ったくらいでなにを誇らしげに」

佐奈がすばやく塀《へい》にかけより、一跳びでこえた。

「なにか……」

「どうした」

気配を感じた家臣が首をかしげ、別の一人が問うた。

「いや、気のせいだ」

家臣が辺りを見回して異常がないことを知った。

加賀藩上屋敷と本多家江戸屋敷は近い。佐奈の足ならば、四半刻もかからなかった。

「……でございまする。なにとぞ本多さまへ」

「助かった。かならず伝える」

本多家江戸屋敷の用人が佐奈の報せに感謝した。

「では、わたくしは戻りまする」

現在の佐奈は数馬に仕えている。そして留守宅を守るようにと言われているのだ。

よほどのことがなければ、加賀藩上屋敷を離れるわけにはいかなかった。

「気を付けられよ」

もとは同じ本多家の家臣であったが、それは過去のことである。用人がていねいな口調で佐奈を見送った。

「……さて、なにもせずに入りこむのもよいが……」

脇門が見えるところまで戻って来た佐奈が足を止めた。

「少しからかいましょうか」

佐奈が笑った。

「おい、女中。なんだ」

先ほど入れ替わった家臣が近づいてくる佐奈に気づいた。

「帰って参りましたのですが」

佐奈があざとく小首をかしげた。

「……つっ」

家臣が顔を赤くした。

佐奈は琴が江戸における数馬の虫押さえとして派遣しただけに、かなり目立つ美貌である。男は誰でも美形に弱い。

「ま、待て。いつから出ていった」

家臣があわてて態度を取り繕《つくろ》った。

「一刻（約二時間）ほどでしょうか」

佐奈が人差し指を頰に当てて考えた。

「……な、なんだと」

一瞬佐奈に見とれた家臣が我に返った。

「一刻ならば、すでに我らがここにいたはずだ」

「はい。おられました」

確認した家臣に佐奈がうなずいた。

「誰も通しておらぬぞ」

「では、なぜわたくしは外におるのでございましょう」

佐奈が不思議そうな顔をした。

「なにをしている。女中相手に遊ぶな」

控えていた別の家臣が割りこんできた。

「いや、この女中がな。一刻ほど前にここから出たと申すのだ」

「そんなことがあるか」

門番をしている家臣から言われた別の家臣が否定した。

「曾根《そね》、おぬしか通したのは」

三人目の家臣へ、二人目の家臣が訊いた。

「拙者ではないぞ」

曾根と言われた家臣が首を横に振った。

「違うぞ」

門番の家臣も手を振った。

「誰も通すなと殿から厳命されている」

「ああ」

「わかっている」

三人が顔を見合わせた。

「しかし、出た女がいる」

「女の色香に迷って、誰かが通した」

「拙者はそのようなまねはせぬ」

「吾《われ》もだ」

三人がにらみ合った。

「埒《らち》があかん」

「女に訊けばいいだけだろうが。このうち誰だったかを」

「そうだ」

やっとそこに至った三人が佐奈のほうへ向いた。

「おい……」

「……どこにいった」

「あれ」

三人は佐奈の姿を見失っていた。

佐奈は三人の注意がそれた瞬間に身を翻《ひるがえ》して屋敷の塀をこえていた。

「どうなっている」

「狐狸《こり》妖怪の類か、あの女は」

「夢を見ていたのではないか」

三人が焦《あせ》った。

「……我らはなにも見なかった。誰も見落としていない」

「こんなこと報告できぬ」

「そうだな」

気味悪そうに目を動かしながら、三人が合意した。

四

内記長次はときの権力者にすり寄ることで出世しようとしている。これはなにも内記長次だけのことではなく、多くの大名、旗本もやっていた。

「よしなにお願いをいたしまする」

「何用でもお申しつけくだされば、犬馬の労を厭《いと》いませぬ」

「お屋敷の周囲はわたくしの家臣たちが巡回いたしまする」

あらたに執政、寵臣となった者のところへ多くの者が伺候《しこう》してご機嫌を伺う。

堀田備中守のもとにも、数多くの旗本が押し寄せていた。

「まったく面倒な。御用繁多《はんた》であるというに」

それらの相手をこなした堀田備中守が肩が凝《こ》ったとばかりに首を回した。

「それだけ殿のお力が世間に知れているという証《あかし》でございまする」

用人が誇らしげに胸を張った。

「それはそうなのだがな」

少しだけ堀田備中守の口角が緩んだ。

「さて、では登城するといたそう」

堀田備中守が用人に指示した。

老中の出仕は朝四つ（午前十時ごろ）前後とされている。これは厳密なものではなく、月番でなければ屋敷で一日執務しても問題はなかった。とはいえ、それをする老中はいなかった。当たり前の話だが、休んでいる老中に密事の報告はなされない。いや、なされないわけではなく、すでに決議された内容が教えられるだけで口出しはできないのだ。

密事には政《まつりごと》の将来を決定づける大事なものが含まれていることもある。そこに参加できないというのは、老中としての権力を失うに等しいのだ。

老中たちは病でもないかぎり、かならず刻限ごろには登城した。

「おはようござる」

「うむ」

他の大名を押さえて、堀田備中守の行列は最優先される。堀田備中守は刻限にはきっちり御用部屋に入れた。

土井能登守利房《どいのとのかみとしふさ》の挨拶《あいさつ》に堀田備中守は手をあげて応じた。

「今日はなにかある」

御用部屋の最奥の座へ腰をおろした堀田備中守が控えている担当の右筆《ゆうひつ》に問うた。

「本日は取り急ぎの用件はございませぬ」

右筆が緊急の案件はないと告げた。

「さようか。では、始めよう」

老中は昼八つ（午後二時ごろ）には下城する。御用部屋での執務に使える時間は限られている。堀田備中守が右筆を促した。

「最初は尾張《おわり》徳川家さまより出されておりまする木曾川《きそがわ》浚渫《しゅんせつ》のお手伝い願いでございまする」

右筆が書付を差し出した。

「またか。去年も出ていたろう」

受け取りながら堀田備中守が眉《まゆ》をひそめた。

「今年は梅雨《つゆ》が長かったとかで、尾張さまでは秋の洪水を懸念なされておられまする」

右筆が背景を語った。

尾張藩は徳川御三家の筆頭として六十一万石を誇る大藩であり、その領土たる尾張は肥沃《ひよく》で知られていた。だが、その領内を木曾川、長良川《ながらがわ》という暴れ川がながれており、たびたび氾濫《はんらん》をおこしては大きな被害を出していた。

「御上のお手助けを願うより、まずは自助努力である。いかにご一門とはいえ、御上の金蔵も無限ではないのだ」

却下だと堀田備中守が決裁した。

「はい」

返された書付に否決の印を入れ、右筆が次へと手を伸ばした。

「すまぬ。緊急じゃ。お集まり願えぬか」

大久保加賀守が御用部屋中央の火鉢《ひばち》側で声をあげた。

「緊急だと」

「なんじゃ」

土井能登守、戸《と》田山城守忠昌《だやましろのかみただまさ》らが腰をあげた。

「首座どの、お願いをいたす」

他の老中が参集してから大久保加賀守が堀田備中守を招いた。

「…………」

無言で堀田備中守が応じた。

「さて、まずは御用の手を止めたことをお詫びしよう」

最初に大久保加賀守が謝罪を口にした。

「詫びは不要。用件に入られよ」

堀田備中守が先を促した。

「では……」

一度大久保加賀守が姿勢を正した。

「待て、火鉢を使用せずともよいのか」

話しかけた大久保加賀守を戸田山城守が制した。

御用部屋の中央にある巨大な火鉢は、その灰の上に文字を記すことで離れている者たちに話の内容を知らせずにすますためのものであった。

「加賀藩前田家のことじゃ」

戸田山城守の注意を無視して、大久保加賀守が言い始めた。

「……むっ」

一瞬、戸田山城守は不服そうな顔をしたが、話を遮《さえぎ》らずに聞く姿勢を取った。

「先日、加賀藩より無頼どものゆえなき襲撃があったとの報告が町奉行所へ出されたことは諸氏ご存じであろう」

「知っておる」

「二十をこえる無頼どもに襲われながら、傷一つ受けずに撃退した。さすがは前田家だと評判になったの」

戸田山城守と土井能登守がうなずいた。

「…………」

堀田備中守は反応せず、じっと大久保加賀守の表情を見つめた。

「それが偽りであったとの報せがござった」

「偽りじゃと」

「まさか……」

老中たちが啞然《あぜん》とした。

「どこからの報せかの」

ようやく堀田備中守が口を開いた。

「旗本の横山内記でござる」

「横山内記……はて」

答えた大久保加賀守に戸田山城守が首をかしげた。

「加賀藩ゆかりの者でござる」

大久保加賀守がかなり手を抜いた説明をした。

「その者の話だけか」

堀田備中守がさらに問いを重ねた。

「いえ。話だけではござらぬ。物証もござる」

「ほう……物証とな。それはなんじゃ」

堂々と言った大久保加賀守に堀田備中守が興味を見せた。

「ここにはござらぬ。すでに目付へ引き渡してござる」

「目付にか」

堀田備中守が苦い顔をした。

大名については大目付が管轄《かんかつ》である。しかし、開幕初期大目付が辣腕《らつわん》を振るい多くの大名が改易、大量の浪人が生み出され、由井正雪《ゆいしょうせつ》による謀叛《むほん》に繋《つな》がった。

これによって幕府は浪人の危うさに気づき、大名を取り潰すのを減らした。結果、役目を果たせなくなった大目付はその権能を失い、名前だけの職となった。

代わって台頭したのが目付であった。本来旗本の監察を担当する目付だが、江戸城中での安寧《あんねい》を維持するという任を拡大解釈し、登城している大名たちを取り締まり始めた。

いつの世でも同じだが、役人というのは己の権限を広げるのに熱心であり、一度手にした権力は決して手放そうとしない。

由井正雪の乱は、四代将軍家綱の御世が始まったところであったので、それからわずか一代の間に目付は大目付の権限まで行使するようになっていた。

「目付どもはなんと申しておる」

「厳しく詮議すべきだと」

堀田備中守の質問に大久保加賀守が答えた。

「では緊急の案件とは、加賀の前田家を評定所《ひょうじょうしょ》へ呼び出すでよいのだな」

「さようでござる」

確認した堀田備中守へ大久保加賀守が首肯した。

「いかがでござる」

大久保加賀守が是非《ぜひ》を問うた。

「御上を謀《たばか》ったとあれば、そのままには捨て置けぬ」

「でござるな」

老中たちが前田家の評定所召喚に同意した。

「加賀守よ。たしか前田加賀守は参勤で国元におるはずじゃ。誰を呼び出す」

堀田備中守が諾否《だくひ》を言う前に尋ねた。

「当主を代行できる者。加賀藩で筆頭の地位にある家老を呼び出しましょう」

「ならばよかろう」

大久保加賀守の返答を聞いた堀田備中守が納得した。

「異論はございませぬな」

もう一度大久保加賀守が念を押した。

「……では、早速に使者番を」

反対意見がないことを確かめて大久保加賀守が御用部屋を出ていこうとした。

「待て、加賀守」

「まだなにか」

呼び止めた堀田備中守に立ったままで大久保加賀守が応じた。

「留守居役を通じて呼び出すのが慣例であるが」

「相手はあの前田家でございまする。なんやかんやと言いくるめて評定所への出席を先延ばしにいたしましょう。そのようなまねをさせては、前田に対応するだけの刻を与えることになりまする。ここは上使を出し、有無を言わせずこそ良策でござる」

問われた大久保加賀守が答えた。

「加賀守がそう申すならばよかろう」

堀田備中守が大久保加賀守の発案だと御用部屋全体に知らしめた。

「では、急ぎますゆえ」

大久保加賀守が出ていった。

「備中守さま……」

席へ戻った堀田備中守に右筆が恐る恐る声をかけた。

「なんじゃ」

「よろしゅうございますので。加賀藩前田家は二代将軍秀忠公の曾孫《そうそん》にあたりまするが」

右筆が懸念を伝えた。御三家を始めとする将軍家一門に罪あるときは、老中や大目付などが調べをすませた後、将軍の裁決を仰《あお》ぐことになる。

「上様にお話だけはしておこう」

堀田備中守が右筆の提案を受け入れた。

御用部屋を出た堀田備中守が隣接する御座の間へ入り、綱吉に会いたいと願った。

「お目通りを」

「しばしお待ちを。ただいま大久保加賀守さまがお目通りをなさっておられまする」

側用人牧野成貞が堀田備中守へ告げた。

「加賀守が……そうか。では、後ほどにいたそう」

堀田備中守が踵《きびす》を返した。

「どうやら、上様もご存じのうえのことらしい。加賀の前田を罠にはめるか……」

御用部屋へ戻った堀田備中守が、右筆に問うた。

「加賀藩筆頭宿老の本多から出府の届けは出ているな」

「ただいま」

右筆が小走りで書類一式を保管してある右筆部屋へと向かった。

「……直接の手助けはできぬぞ」

一人になった堀田備中守が呟《つぶや》いた。

一時敵対関係になった堀田備中守と前田綱紀は、小沢兵衛と数馬の働きで和睦していた。とはいえ、それは同盟のようなものではなく、ただ敵対しないといったていどのものであり、堀田備中守が老中の座を懸けてまで綱紀をかばうことはなかった。

「……お待たせをいたしましてございまする」

堀田備中守が思案している間に右筆が帰ってきた。

「どうであった」

「たしかに出府の届けは出されておりまする。日付は八日前で、右筆部屋に届けられたのは三日前でございまする」

右筆が書付を読みあげた。

「到着したとの届けはまだだな」

「それについては右筆部屋にはまだ出ておりませぬ」

訊いた堀田備中守に右筆が答えた。

「届けは出府前に出されるものだ。それが五日で届いている。飛脚なり、馬なりを使ったであろうから……通常の足並みで金沢から江戸へ向かったとすれば八日から十日はかかる。となれば、江戸着は早くて明後日以降か。間に合わぬな」

堀田備中守が嘆息した。

「念のために訊くが、このことを大久保加賀守は知っておるのか」

「半刻（約一時間）ほど前にお問い合わせがあったそうでございまする」

右筆はそこまで確かめていた。

「ふむ。気に入ったぞ。当分、そなたが余につけ」

「畏れ多いことでございまする」

気が利くと堀田備中守が褒め、右筆が頭《こうべ》を垂れた。

「……執務を再開する」

次の用件をと堀田備中守が右筆に命じた。

五

横山内記長次のもとへ、家臣が報告に来た。

「足軽継を追っていった者たち、全員の行方《ゆくえ》がわからなくなりましてございまする」

「あれだけの人数が……」

内記長次が絶句した。

「足軽継が強かろうとも十人は相手にできぬぞ」

「申しわけございませぬ」

「近藤主計《かずえ》という者はどうしている」

「板橋の宿で待機しておりまする」

「あやつは本多政長の顔を知っておる。見かけなかったかどうか、問い合わせよ。急げ」

内記長次が家臣に命じた。

「はっ」

家臣が板橋の宿へと駆けていった。

持ってきていた財産、そのすべてを差し出された近藤主計は、板橋の宿で酒を呑んでいた。

「…………」

「暗いの。雇い主どの」

同じ部屋で大きな刀を抱えた浪人が苦笑した。

「ふん。そなたらはよいの。なにもなくとも一日一分もらえるのじゃからな。そのうえ旅籠《はたご》の払いもこちら持ちじゃ」

近藤主計が皮肉を言った。

「そういう約束じゃ。決まったことに文句を言われるな」

浪人が正論で返した。

「黙っていろ」

「静かにせよと言われるならば、口をつぐむがの。しっかりと見張りだけはしてくだされよ。我らは本多政長の顔を知らぬのでござる」

「わかっておるわ」

頬をゆがめて近藤主計が酒を口に含み、外を見た。

「近藤さま」

旅籠に内記長次の家臣が駆けこみ、主《あるじ》の言葉を伝えた。

「まだ見ておらぬと伝えよ。決して見逃さぬともな。あれは吾が仇敵じゃ」

近藤主計が苦虫をかみつぶしたような顔で告げた。

「うけたまわりましてございまする」

家臣が折り返していった。

「急《せ》かしてもしかたないというに。相手のあることでござる」

浪人が内記長次の焦りを非難した。

「だの。金沢から江戸までとなると十日はかかろう。まだ二日目じゃぞ」

「そうだ、そうだ。こんなありがたい仕事はそうそうないでの」

浪人たちが笑った。

「うるさいわ……」

怒鳴りかけた近藤主計が考えこんだ。

「吾は富山から江戸まで五日で出たぞ。富山と金沢は一日半あればいける……」

「どうした、雇い主どの」

大きな刀を抱えていた浪人が近藤主計の様子に気づいた。

「まさかと思うが……加賀藩前田家の参勤交代は、北国《ほっこく》街道だけでなく、東海道《とうかいどう》を使用したこともある」

近藤主計が眉間《みけん》にしわを寄せた。

加賀藩の参勤交代にはいくつかの順路があった。ほとんどは中山道から北国街道を利用するが、冬の雪によって街道が荒れ通行が困難になったときなど、金沢から越前《えちぜん》を経由して近江《おうみ》へ出て、そこから中山道あるいは東海道を使用する場合もあった。

「相手はあの本多政長だぞ。堂々たる隠密と言われた化けものだ。それがすんなりと江戸へ来るか……いいや、来ぬ」

近藤主計が目を見開いた。

「足軽継を追っていった連中がいたはずだが、誰も戻ってきていない」

横山家から出されている家臣が不安そうにしているのを近藤主計は見ていた。

「……おいっ。出るぞ」

浪人たちに声をかけて近藤主計が立ちあがった。

「どこへ……」

「内藤の新宿だ。足軽継を追った連中をやったのならば、東海道ではなく中山道を進んできたのはまちがいなかろう。それでいて板橋に来ないとなれば……」

「なるほどの。甲州街道へ回ったか」

太刀を抱いた浪人が理解した。

「どうする、他の連中に声をかけずともよいのか」

別の浪人が訊いた。

「こっちを留守にはできまい。読みが外れたら、責任を取らされるだろうが」

近藤主計が怒鳴りつけた。

「わかった。雇い主どののお指図に従おう」

旅籠で休んでいた浪人八人を引き連れて、近藤主計が板橋の宿を出た。


数馬と本多政長の一行が、内藤の新宿を目に入れた。

「どうやら、罠はなさそうだの」

内藤の新宿手前に待ち伏せているような人影はなく、普通の旅人ばかりのようであった。

「本多さまの読みが当たりました」

数馬が感心した。

「読みというほどではない。あと少し軒猿が使えれば、敵を撃破してどうどうと板橋から江戸へ入ってやったのだ」

本多政長が悔しそうに言った。

「敵の数は随時減らすに限るからの」

「まさにそのとおりでございまする」

数馬も同意した。

内藤新宿はかつて徳川家康入府のおり、家臣の内藤修理亮清成《しゅりのすけきよなり》に馬で駆けられるだけの範囲の土地をくれてやると言い、それに応じた内藤修理亮が広大な土地を手に入れたことでその名前がついた。甲州街道最初の宿場である高井戸《たかいど》では江戸に遠すぎ不便だと、最近、内藤に人が集まり始めて宿場の形をなしつつあった。そのため狭い町屋を広めるためにと、富田林《とんだばやし》領主となっていた内藤氏はここにあった中屋敷を返上し、かなりの土地を供出したが、未だ大きな屋敷を宿場に近接して持っていた。しかし、当主の若死にがあって大幅な減封を受けたこともあり大きすぎる屋敷を維持できず、かなり傷んでいるのが現状であった。

「まだ行列は来ておらぬな」

内藤の新宿へ入った本多政長が先行させた刑部の姿を探した。

「いろいろ調べておられるのでしょうし、行列が江戸のなかを風のように駆けては噂になりましょう」

　数馬が笑った。

「たしかにそうじゃな。目立ってはよろしくないの」

　本多政長も頬を緩めた。

「ここで待ち合わせると言うてある。しばし、休息を取ろうぞ」

「はい」

　旅人相手に開いている茶店の床几《しょうぎ》に一行が腰をかけた。

「茶を頼む。餅《もち》はあるか。あるならば一人三つの割で出してくれ」

　本多政長が頼んだ。

「そういえば……金沢から江戸へ向かう足軽継は無事に本郷の上屋敷へ着いたのでしょうか」

　ふと数馬が思い出した。

「……そうか、そなたはほとんど殿とお話をしていないのだな」

　じっと数馬を見た本多政長が一人で納得した。

「はて」

　数馬が首をかしげた。

留守居役《るすいやく》は藩の顔ではあるが家老や用人ほどの重役ではなく、よほどのことでもなければ藩主に目通りをすることはなかった。

もっとも数馬は小沢兵衛のことや堀田備中守との和睦などに深くかかわっていたため、何度か綱紀へ目通りをしている。親しく声もかけてもらっているが、話をしたというほどではなかった。

「もう少し、殿のお側にいさせるべきかの。いやまだ早いか。あの殿は人使いが荒い」

本多政長が首を左右に振った。

「あの本多さま」

理解が追いつかない数馬が戸惑った。

「ああ、すまぬな。一人思案にふけってしまったわ。なに、殿は状況をしっかり把握されている。足軽継を江戸屋敷に出さずともよいとお読みだ」

「よろしいのでございますか、江戸屋敷を放置しておいて」

落ち着いている本多政長に数馬が驚いた。

「儂が行くのだぞ。今から」

「あっ」

「そのための行列じゃ。江戸屋敷へ入り、まず横山大膳を叱りつけてから横山内記を排除する」

　気づいた数馬に本多政長が告げた。

「一つことに凝り固まるな。同時に三つほど考えるようにいたせ」

「……はい」

　教えられた数馬がうなずいた。

「餅が固くなる。さっさと喰え」

　本多政長が餅を一つ口に入れた。

「いただきまする」

　数馬も餅を嚙《か》んだ。

「……殿」

　急いで餅を呑みこんだ石動《いするぎ》庫之介が警告の声を発した。

「……敵か」

　茶で餅を流しこんで数馬が応じた。

「…………」

　すでに軒猿たちは立ちあがってつま先立ちになっていた。

「ほう、儂がこちらへ来ると読んだ者がおるのか。なかなか優秀だの」

座ったまま本多政長が感心した。

「九名か……」

迫ってくる狼藉者《ろうぜきもの》を本多政長が数えた。

「おや、あれは……近藤か」

本多政長が狼藉者のなかに近藤主計を見つけた。

「近藤……富山のでございますか」

数馬が聞きなおした。

「そうじゃ。なるほどの。近藤一人で殿を襲うなどできるものではないと思っていたが、やはり後ろ盾は江戸にいたようだ」

「捕らえますか」

軒猿が問うた。

「要らぬ。捕まえて背後を吐かせたところで、向こうが認めまい。下手に生かしておいては、かえって面倒になる」

本多政長がゆっくりと近藤主計を指さした。

「殿を狙った謀叛人を討て」

「はっ」

軒猿が駆け出した。

「承知」

「遅れるな、庫之介」

「承った」

数馬の指図に石動庫之介が走った。

「飼われた犬が野に放たれた狼に勝てると思うなよ」

先頭を走っていた浪人が吠《ほ》えた。

「あの爺の首を獲ったら二十両だ」

「おおっ」

浪人たちの気迫が高まった。

「…………」

軒猿は忍《しのび》である。声を出すことなく、手裏剣《しゅりけん》を撃った。

「ぐえっ」

「がはっ」

二人の浪人が喉《のど》を射貫かれて倒れた。

「飛び道具とは、卑怯《ひきょう》なり。武士ならば剣で来い」

大きな刀を背負った浪人が文句をつけた。

「ならば、拙者がお相手いたそう」

石動庫之介が大太刀の浪人に太刀を向けた。

「こしゃくなり。巌流布田五郎《がんりゅうふだごろう》の一刀を味わえ」

名乗った浪人が大太刀を上段にかまえた。

「おうりゃあ」

四尺（約百二十センチメートル）をこえる大太刀を布田五郎が振り落とした。

「……ふん」

踏み出した左足に力を入れた石動庫之介が後ろへ下がった。

「……あっ」

全身の力をこめ、すべての防御を無にするのが大太刀である。受け止めようとした太刀ごと石動庫之介を叩《たた》き割るはずだった一撃が空を切り、勢いあまって地面に斬りつけた。

「愚かなり」

地面にぶつけた衝撃で両手をしびれさせた布田五郎へ石動庫之介がすり足で近づい

た。

「おわっ。手がしびれて……待て、待て」

布田五郎が大太刀を持ちあげようとした。が、しびれで力が入らないのか、大太刀は地面に刺さったままであった。

「待つわけなかろうが……ふっ」

軽く息を抜くような気合いを出して、石動庫之介が太刀を水平に薙《な》いだ。

「……………」

喉を真横に割られた布田五郎が声も出せずに血を噴いた。

「くたばれっ」

そこへ別の浪人が突っこんできた。

「見えている」

石動庫之介が薙いだ力をそのまま利用して、太刀を滑らせた。

「ぎゃっ」

胸骨を削られた浪人が絶叫した。

左右の肋骨《ろっこつ》を繋げている胸骨は薄い皮一枚で包まれているに近い。それは骨膜を守るものがないと同じで傷つけば激烈な痛みを発する。

「いっ……が」

呻《うめ》くことしかできなくなった浪人に石動庫之介が止《とど》めを刺した。

「さて」

浪人たちが次々と倒されていくのを見ていた本多政長が腰をあげた。

「どちらへ、まだ戦いは終わっておりませぬ」

本多政長の警固として残った数馬が驚いた。

「恨み言くらい聞いてやろうと思っての」

近藤主計のほうへ本多政長が足を進めた。

「な、なんだ。どうなっている。おい、道場を開けるほどの腕だという触れであったはずだ。それが半分ほどの敵に勝てぬなど……」

近藤主計が愕然《がくぜん》となった。

「簡単なことだ。ここにいる者はすべて、道場主より強いということよ」

近づいた本多政長が近藤主計に告げた。

「本多……うあっ」

近藤主計が背を向けて逃げだそうとした。

「逃がさぬ」

しっかり軒猿が先回りをしていた。

「くそっ。どけ。どかぬか」

両手を振り回して近藤主計が軒猿を退けようとした。

「うるさい」

軒猿が拳《こぶし》で近藤主計の下腹を叩いた。

「ほう、軒猿に声を出させたか。なかなかやる」

本多政長がおもしろそうに笑った。

「ぐえええ」

腹のなかのものをぶちまけながら、近藤主計が膝《ひざ》をついた。

「近藤よ」

落ち着くのを待たず、本多政長が話しかけた。

「富山藩で臣下最高の禄《ろく》をもらっていながら、それでは不服だったのか」

「……つぐ……はあ。も、もとは一万四千石だ」

やっとまともに息ができるようになった近藤主計が言い返した。

「それはそなたの曾祖父が得たものであろう。そなたはどのような手柄を富山にもたらした」

「禄はそのまま受け継ぐものだろうが」

見合うだけの功績があるのかと訊いた本多政長に近藤主計が当然の権利だと述べた。

「ほう。一度もらった禄は永遠に受け継いでいけると」

「そうだ。それが武士だろう」

確認する本多政長に近藤主計がうなずいた。

「はああ」

本多政長がため息を吐《つ》いた。

「数馬、これが馬鹿息子というやつだ。まあ、正確にはこやつは先代の息子ではなく、甥《おい》らしいがの」

「はあ」

同意していいのかどうかわからなかった数馬が、中途半端な応答をした。

「無礼だろう」

「武家の家禄というのは、どれほど主家に功績を捧げてきたかで決まる。禄は功績に対する褒賞《ほうしょう》でしかなく、決して永遠を約束するものではない」

怒る近藤主計を無視して本多政長が数馬に語り続けた。

「なぜか。武家というのは戦う者だからだ。つまり戦いがなくなれば、武家は不要になる。不要なものに禄を払っていては、家が保つまい」

「なにを考えている」

武士の根本を崩すような発言をする本多政長を近藤主計が怖れた。

「いつまでも先祖の功に合わせた禄を払っていたら、あらたに功績を立てた者に与える禄がない。槍《やり》を持たせたら天下の豪傑であっても、泰平では張り子の虎でしかない。泰平では槍より算勘《さんかん》が役に立つ。泰平になれば主家の禄はまず増えぬ。増えぬ領土を維持し、藩庫を潤《うるお》す。これは戦場での一番槍に等しい手柄である。だが、戦国の手柄で高禄を延々と受け継ぐ役立たずがいては、その勘定方《かんじょうかた》に報いることはできぬ」

「はい」

数馬が首肯した。

「かといって譜代の家臣を役立たずだからといって放逐しては、武士の根本である忠義が揺らぐ。それを防ぐのが代替わりでの減禄じゃ。嫡男《ちゃくなん》がどのていど役に立つかを見極めるのは主君の仕事である。それをまちがえれば、役立たずが増えて藩が傾く」

「拙者は役立たずだと言うか」

本多政長の言いぶんに近藤主計が激した。

「違うか。おまえのやったことはなんだ。富山藩の家老でありながらなにか成果を出したか。殖産《しょくさん》でも興したか、新田を開発したか」

「そのようなことは勘定方や代官などの下役がすることだ。家老はもっと高所から藩の未来を見据《みす》えるのが役目じゃ」

問われた近藤主計が反論した。

「執政とは政を執りおこなう者のことぞ。藩の収入を増やし、領民を肥やすことこそ、執政の役目ぞ。偉そうに御用部屋で反《そ》っくり返っているだけが家老ではないわ。人の上に立つ者ほど苦労をせねばならぬ。そのための高禄じゃ」

「…………」

断言された近藤主計が黙った。

「わかったか、数馬」

「心いたしまする」

すでに本多政長にとって近藤主計などどうでもよいのだ。それに気づいた数馬が強く首を縦に振った。

「きさまには三千石でも多かったわ。富山の前田近江守《おうみのかみ》さまの温情に気づかぬ愚か者め」

「ちがう、儂には一万四千石の価値がある」

近藤主計が大声を出した。

「そなたが富山藩に背負わせた負債、殿のお命を富山藩の家老が狙ったという負い目、一万四千石の損ではすまぬぞ」

「……うっ」

弾劾《だんがい》された近藤主計が詰まった。

「家は遠縁の者が継ぐだろう。近藤の名前は前田家にとって重いゆえな。安心して、死んでいけ」

「た、助けてくれ……がっ」

冷たく宣された近藤主計が命乞《いのちご》いをするのを本多政長は相手にせず、自らの太刀で首を討った。

「武士は変わらねばならぬ。それを受けいれられぬ者は消えるしかない。儂も古くなった、なかなか合わせるのに苦労するようになった。近いうちに覚悟をせねばならぬやもな」

「…………」

太刀を拭いながら嘆息する本多政長に数馬はなにも言えなかった。

第五章　本多《ほんだ》の血

一

縄張りのほとんどを失ったとはいえ、武田党の実力は知れ渡っている。人手が足りず、放棄されたような縄張りは侵食できても、四郎とその付き従う者が手放さない本《ほん》郷《ごう》付近には手出しできなかった。

なにせ、武田法玄の死を好機とばかりに手出しした地回りは、そのすべてが壊滅に追いこまれている。

怪我《けが》を負いながらも鬼神のように暴れる四郎の迫力が肚《はら》のない無頼を浮き足立たせ、そして浮き足立った無頼は守るべき親分を見捨てて逃げ出していく。

残された親分を殺すくらい、四郎の配下だけでもできる。無頼たちをまとめていた親分が死ねば、縄張りを誰が受け継ぐかという争いが起こり、とても周囲へ手出しをする余裕などなくなる。

結果、大きくはないが武田党の命脈を繋《つな》ぐだけの縄張りは維持された。

「四郎さま」

配下の一人が武田党の本拠地荒れ寺へとやって来た。

「そいつが、どうかしたのか」

配下が若い人足を連れているのを四郎が怪訝《けげん》な顔で見た。

「おい、話せ」

背中を突いて配下が若い人足を促した。

「へ、へい」

若い人足が四郎を前にして緊張していた。

「落ち着きな。なにもしねえよ。おめえが義理を破らない限りはな」

日雇いの人足などを扱う人入れ屋と無頼は縁が深い。四郎が人足を宥《なだ》めた。

「あ、ありがとうさんで」

なぜか礼を言った人足が、加賀《かが》藩での長屋解体作業に雇われていてそこであったことを語った。

「棟梁《とうりよう》を連れてこい」

若い人足の話だけでは、詳細がわからないと四郎が配下に命じた。

「お呼びで……」

すぐに棟梁が四郎の前に引き出された。

「加賀屋敷でのことを、包み隠さず言え」

「へ、へい」

四郎に凄《すご》まれた棟梁が話した。

「ちい、吾《われ》が入りこんだ長屋の破片が横山なんとやらとかいう旗本によって持ち去られたか……」

聞き終えた四郎が苦い顔をした。

加賀藩の本郷上屋敷を襲ったとき、正門は四郎の兄太郎《たろう》が担当し、四郎は脇門から佐奈を求めて侵入した。そこで四郎は佐奈を誘き出すために、暴虐《ぼうぎやく》の限りを尽くした。

さすがに逃げる女中や妻女、娘への手出しはしなかったが、藩士たちは向かってくる、向かってこないにかかわらず血祭りにあげた。

「旗本が大名家の失態の証《あかし》を持って帰るなど、碌《ろく》なことはない。しくじったな。高揚のままに無茶をしたつけだ」

四郎がため息を吐《つ》いた。

「どうなさいやす」

配下が四郎に問うた。

「おい」

「へ、へい」

四郎に呼ばれた棟梁が震えあがった。

「その旗本はなんという名前だ」

「たしか……」

棟梁が必死で思い出そうとしていた。

「江戸家老さまから内記さまと呼ばれておられたような……」

「横山内記だな」

四郎が確認した。

「少し出てくる」

まだ傷の完治していない四郎だが、普段の立ち居振る舞いには手助けなしで動けるようになっていた。

「お供を」

「己《おのれ》の縄張りで襲われるようになったら、もう終わりだ」

配下の気遣《きづか》いを四郎は断った。

「吾が帰ってくるまでに、横山内記の屋敷があるかを調べておけ」

「へい。誰か、切り絵図を出せ」

指示に動き出す配下を横目に四郎が廃寺を出た。


板橋宿では、近藤主計《かずえ》の行方《ゆくえ》知れずが問題になっていた。

「なにも聞いておられぬのか」

大久保家近習《きんじゅ》二俣金吾が、横山内記長次の家臣を詰問した。

「なにも報《しら》されておりませぬ」

「浪人どももおらぬ。それにも気づかなかったと」

否定した横山内記長次の家臣に二俣金吾が迫った。

「我らは中山道側から宿場に入ってくる者を見張っております。宿場のなかに人員は置いておりませぬ」

横山内記長次の家臣がしかたないと言いわけをした。

「むうう」

二俣金吾が難しい顔をした。

「中山道を上っていってはいないのだな」

口調を厳しいものにして二俣金吾が確認した。

「誓って、中山道には出ておりませぬ」

はっきりと横山内記長次の家臣が首肯《しゅこう》した。

「ではどこへ行った……」

二俣金吾が思案に入った。

「もうよろしいか。街道の見張りに戻らねばなりませぬ」

横山内記長次の家臣が許可を求めた。

「そうであった。行かれよ」

二俣金吾が手を振った。

「……なにさまのつもりじゃ」

横山内記長次の家臣が腹立ちを口にした。

「老中の家臣であろうが、同じ陪臣《ばいしん》ではないか。主君が偉いのであって、おまえが偉いわけではないわ」

同じように横山長次家から出された同僚のもとへ戻って来た家臣が声をあげた。

「中山道へ押し出すぞ」

「よいのか」

組頭格の家臣の指示に同僚がいぶかしがった。

「かまわぬ。近藤主計どのが消えた。どこかへ手柄を立てにいかれたのだろうよ」

「抜け駆けか」

吐き捨てるように言った組頭格に家臣があきれた。

「逃げ出せるわけないからな。近藤どのは謀叛人《むほんにん》ぞ。なんとか本多家を潰《つぶ》し、加賀藩をたたきのめさねば、天下の罪人として行き場所がなくなる」

組頭格が言った。

幕府は基本として大名家の内情に口出しはしない。しかし、藩主の命を狙ったなどの謀叛は見逃さなかった。

戦国でいう下克上を見逃せば、いつか徳川家も狙われる。天下を支配するために君に忠たれを教えとする儒教を広めているのだ。

謀叛人は天下の罪人として、関所や大津、京都、大坂、堺《さかい》、長崎などへ報される。そうなれば、人知れぬ山奥にでも隠れ住むしかなくなった。

もっとも大名にしてみれば家臣に殺されかかったなど恥でしかないため、まず幕府へ訴え出るようなまねはせず、自藩で討手を出した。

とはいえ、かならずそうだとは限らない。富山藩としては本家たる加賀藩の怒りを少しでも軽くするために、恥を掻《か》くという方法を採《と》ることも考えられる。

「我らがもっとも数が多いのだ。浪人づれに負けたとあっては、殿が大久保加賀守さまの前に顔出しできぬ」

「たしかにそうだの」

同僚が納得した。

「どのくらい出る。次の宿場まで行くか」

「そこまではまずかろう。あまり派手にやり過ぎると、あのお目付役の指図を聞かなかったと責められそうだ」

組頭格が首を横に振った。

「二手に分けよう。本多の人相書きを持たせた物見を蕨《わらび》まで出させる。我らはその中途で待機しよう」

「蕨までは、およそ二里（約八キロメートル）か。走れば半刻（約一時間）かからずにすむの。承知した。四人だそう」

組頭格の案に同僚がうなずいた。

「念のために板橋にも四人ほど残そう。脇道を抜けられても困るし、お目付役からなにか連絡があるやも知れぬしの」

「手配をしてくる」

念を入れた組頭格の策に同僚が従った。


二俣金吾は腹を立てていた。

「誰も拙者の言うことを聞かぬ」

大久保加賀守の近習という二俣金吾がこの襲撃の指示者であることはまちがいなかった。

「家臣を貸してやる」

助力であり、あくまでも主力はお前たちだと大久保加賀守は言っているが、それは建前でしかなかった。

そもそも横山内記長次、近藤主計に協力関係はない。手を組んで戦えといったところで息が合うはずなどないのだ。

勢力ごとに勝手な動きをする。それでは数の優位をまったく生かせなくなる。どころかかえって足を引っ張りかねない。そうならないために大久保加賀守は家臣を出した。

つまり言外に二俣金吾の支配を受けよと命じたのである。

「まったく役に立たぬ。だからこそ本家の殿を殺そうとするような愚挙をしたり、上様を排除しようとした酒井雅楽頭《うたのかみ》に与《くみ》したりする。やはり使えない者どもであった」

二俣金吾が不満をぶちまけた。

「今更《いまさら》言っても遅かろう。馬鹿だとは最初からわかっていたのだから」

やはり大久保加賀守からつけられた別の近習が二俣金吾を慰めた。

「道具として使い捨てればいいと殿も仰《おお》せであったし」

近習が述べた。

「使えぬ道具では、怪我をするだけぞ」

二俣金吾が吐き捨てた。

「すでに近藤はどこへ行ったかもわかっておらぬ。横山内記の家臣は愚物ばかり。これで殿のお申し付けを果たせるわけなかろう」

「…………」

近習が二俣金吾の勢いに黙った。

「ご指示を遂げられなかったら……」

「我らも咎《とが》めを受けるか」

二俣金吾の発言を近習が受けた。

「こっちは六名だな」

「とても足りぬ。本多は五万石じゃぞ、従者だけで三十人はこえるはずだ」

味方を数えた近習に二俣金吾が首を左右に振った。

「どうする。殿にお願いして増援を願うか」

「自ら無能をさらけ出せと」

「それは……」

二俣金吾に言われた近習が詰まった。

近習は主君の側にあって政務の補助をするだけでなく、身辺の警固《けいご》も担う。藩中でもできると評判の者が選ばれ、経験を積んだ後、組頭や奉行職へと出世していく。それだけに周囲の期待も高く、失敗は大きな失望を生んだ。

「ではどうする」

「まずは本多がどこにおるかを確かめるべきだ」

問うた近習に二俣金吾が告げた。

「そうだな。だが、どうする」

「人を雇えばいい。ここに近藤から取りあげた金の一部がある」

二俣金吾が懐《ふところ》から切《き》り餅《もち》を二つ出した。

「五十両か」

「これで足の速い者を雇い、大宮《おおみや》まで行かせよう。いかに手間がかかるとはいえ、出府の届けが出てから十日以上はかからぬはずだ」

大久保加賀守から教えられて二俣金吾も本多政長が幕府へ出した出府届を知っていた。

「ふむ。それで見つけたら」

近習がその先の策を求めた。

「横山たちを追いたてて迎撃に出る」

二俣金吾が述べた。

「近藤の行方はどうする」

「放っておく。浪人と近藤主計を合わせて十名足らずならば、趨勢《すうせい》を左右するほど重要ではない。なあに、足りぬとあればこの金で浪人を買えばいい」

訊いた近習に二俣金吾が答えた。

二

内藤の新宿で行列を待っている本多政長のもとに刑部《おさかべ》が現れた。

「お待たせをいたしましてございまする」

刑部が片膝《かたひざ》をついた。

「かまわぬ。なにがあった」

行列の姿がないことを本多政長が問うた。

「いささかよろしくない状況となりましてございまする」

刑部が顔をあげた。

「本郷の上屋敷におります娘よりの報せでございまするが、横山内記さま本郷上屋敷の与力長屋に残っておりました血痕を手に入れ、その足でどこかへ向かったとのことでございまする」

「血痕……先日の無頼の一件だな」

「だと思いまする。表門は守護し得ましたが脇門を破られ、内部に無頼どもの侵入を許してしまったようでございまする」

眉《まゆ》をひそめた本多政長に刑部が伝えた。

「その報告は国元で受けておった。そうか、大久保加賀守はそこを突こうとしていたのか」

本多政長が立ちあがった。

「さらに今しがた、御上から評定所《ひょうじょうしょ》への呼びだしが参りましたそうでございまする。これは村井さまからのお話でございまする」

しっかりと刑部は本郷の上屋敷へも立ち寄っていた。

「大久保加賀守め、そのための足留めか」

本多政長が近藤主計たちが待ち伏せしていた理由を理解した。

「まずい」

「なにがよろしくないのでございますか」

初めて本多政長が焦燥《しょうそう》を見せたことに数馬は驚いた。

「少し甘く見ていたわ。さすがは老中にまで登りつめたというところだな」

まず本多政長が大久保加賀守を褒《ほ》めた。

「本郷の上屋敷に横山内記と大膳が入ったというのを、藩政を把握し当家の蓄財を詳《つまび》らかにすることだと考えておった。蓄財があればそれを使い果たすようなお手伝い普請を命じられるからの」

本多政長が言った。

「そなたの蔵には金があると聞いた。大名ならば天下のために働くのが当然である。どこどこの街道を整備いたせ」

来年参勤交代で江戸へ出府した綱紀を呼び出し、綱吉がそう命じる。金があるとばれていたら断ることはできなかった。

「まだ余裕はあるのだろう。次は寛永寺《かんえいじ》の本堂を……」

前田家から金がなくなり、借財をするまでこれを続けられる。

「お手伝い普請は、大名を弱らせる最良の手であるからの」

そう推察した理由を本多政長が述べた。

「まさか、すでに町奉行所へ報告も出し、討ち果たした無頼どもの死体を差し出して終わった話を蒸し返してくるとは思わなんだ。ええい、油断であった」

本多政長が己に腹を立てていた。

「江戸から離れていては鈍るか」

「本多さま。相手の手がわかれば対策もございましょう」

数馬が本多政長を宥めた。

「そうよな。儂《わし》としたことが……呼びだしの刻限は」

「昼七つ（午後四時ごろ）とのこと」

訊《き》いた本多政長へ刑部が答えた。

「数馬、今は何刻ぞ」

「そろそろ昼過ぎかと」

本多政長の問いかけに数馬が応じた。

「評定所は辰《たつ》ノ口《くち》であったな」

「さようでございまする」

「刑部、行列を評定所近くまで行かせよ」

「すでに手配をすませておりまする」

懐刀として仕えて長い刑部は、主《あるじ》の要求を読んでいた。

「駆けるぞ」

本多政長が一同に命じた。

「そこまで焦《あせ》られるのはなぜでございましょう」

足並みを合わせながら、数馬が尋ねた。

「横山大膳じゃ」

「江戸家老筆頭さまが……」

数馬が首をかしげた。

「なんのために横山内記が、大膳を引きこんだかを考えよ」

小走りながら本多政長は息を乱してもいない。

「内記さまは殿より屋敷への出入りを禁じられました。それをどうにかするためではございませぬのか」

数馬が違うのかと戸惑った。

「それもある。だが、もう一手あった」

「もう一手……」

走りながら数馬は考えた。

「横山大膳はなんだ」

本多政長が問うた。

「加賀藩江戸家老筆頭でございまする」

「そうだ。殿が江戸におられぬ今、横山大膳が江戸における首席になる」

「はい」

数馬が首肯した。

「まだ気づかぬか。儂も鈍ったが、そなたは猪《いのしし》並に鈍いな」

　本多政長があきれた。

「申しわけございませぬ」

　数馬は詫《わ》びるしかなかった。

「やむを得ん。刻《とき》もないゆえ、答えを教えてくれる。御上から呼びだしがあれば、殿がおられぬときは江戸でもっとも偉い者が応じることになる。つまり評定所へ出向き、御上の詰問に応じるのは大膳になる」

「あっ……」

　ようやく数馬は理解した。

「で、ですが、大膳さまも当家の臣。それも藩祖以来の譜代でございまする。藩を売るようなまねをなさるはずは……」

「己でも思ってもおらぬことを口にするな。それは隙《すき》になる」

　本多政長が数馬を叱《しか》った。

「そなたは知っておるはずだ。大膳が内記に踊らされ、将軍継嗣《けいし》として殿を差し出そうとしたのを。江戸で見ていただろう」

「……………」

かつての騒動の始まりから終わりにまでかかわった数馬である。知らないとは言えなかった。

「先行いたしましても」

数馬が本多政長に許しを求めた。

「……どうする」

本多政長が考えを言えと促した。

「御上から諸藩への呼びだしは、留守居役《るすいやく》を通じるのが慣例でございまする。それを言い立てて、評定所へ向かわれるであろう大膳さまを止められるかと」

数馬が提案した。

慣例でしかないが、大名家への呼びだしは留守居役を通じて下打ち合わせをした。もちろん、直接上使が藩邸へ向かうこともある。だが、幕府も五代となればよほどのことがないかぎり慣例は守られた。

「ふむ。よかろう。やってみよ」

本多政長が認めた。

「ありがとう存じまする。庫之介」

「はっ」

一礼した数馬が家士に合図をし、石動庫之介《いするぎくらのすけ》が応じた。

横山大膳玄位《はるたか》は本郷の上屋敷にて行列を整えていた。百万石の江戸家老筆頭としてふさわしい規模を整えるために、横山玄位は上屋敷の要所に配置していた家臣たちまで動員していた。

「表門を開けよ」

行列を差配する横山玄位の家臣が声をあげた。

「はっ」

上屋敷の表門がゆっくりと引き開けられた。

本日の横山玄位は綱紀の名代として評定所へ出向く。加賀藩上屋敷の表門を開けるだけの資格があった。

「出立《しゅった》つう」

行列がゆっくりと動き出した。

「行ったな」

「門を閉じよ」

手伝うわけでもなく、じっと見守っていた前田家の家臣たちが活動を再開した。

「村井さまをお呼びせよ」

「勘定方は支払いの用意をいたせ」

滞《とどこお》っていた藩政を正常にもどすための戦いが前田家本郷上屋敷で始まった。


本郷の上屋敷から辰ノ口までさほど遠いわけではない。とはいえ駕籠《かご》は人の歩く速度よりは遅い。

行列はお茶の水の昌平坂《しょうへいざか》を降り、神田川《かんだがわ》を渡った。

ここから評定所へ行くならば、神田橋御門を通って江戸城の大手前《おおてまえ》を横切って辰ノ口を通って堀沿いを進むのが早い。

しかし、辰ノ口の評定所へ呼び出されるのは御上からの咎めを受ける可能性があるため、大手前を通るのは遠慮しなければならない。

横山玄位の行列が堀沿いを常盤橋《ときわばし》御門まで行くことを数馬は予想していた。

「間に合ったな」

数馬は辰ノ口の評定所からかなり手前で横山玄位を捕捉できた。

「横山大膳どのとお見受けいたす。拙者加賀藩留守居役瀬能数馬でござる。行列をお止めあれ」

数馬が役名をつけて名乗った。

横山玄位と数馬では格も違うし、禄《ろく》にも大きな差がある。ただ、加賀藩の役人としての立場は同格になる。数馬は今後の交渉のこともあり、下手には出なかった。

「殿」

供先が困惑した。

「なんじゃ」

駕籠のなかにも聞こえているはずだが、それでも尋ねるのが形式になる。横山玄位が問うた。

「留守居役瀬能数馬さまとおっしゃるお方が、行列を止めよと」

「……留守居役の瀬能か。戸を開けよ」

面倒くさそうに横山玄位が命じた。

「はっ」

駕籠脇の家臣が扉を開けた。

「なにごとであるか。余《よ》は今御上のお呼び出しに応じる最中である」

不機嫌に横山玄位が言った。

「そのお呼び出しに対してでございまする」

数馬が駕籠脇へ近づいた。

「それ以上は」

主君の身を案じる家臣が数馬を制した。

「承知した」

一間半（約二・七メートル）ほどのところで数馬は屈《かが》んだ。さすがに家老相手に立ったままで話をするわけにはいかなかった。

「さっさと申せ」

横山玄位が急《せ》かした。

「では……御上からのお呼び出しは留守居役を通じて各藩へ伝えられるのが決まり」

慣例に過ぎないのを数馬は決まりと言った。

「今回はその手順を踏んでおりませぬ。一度、まことの問い合わせかどうか、確かめねばなりますまい」

数馬が述べた。

「なにを申すか。御上からのお呼び出しを疑うと申すか、そなたは」

横山玄位が怒った。

「お呼び出しの理由はなんでございましょう」

「知らぬわ。ただ七つまでに評定所へ出頭いたせとのご命《めい》じゃ」

　尋ねた数馬に横山玄位が告げた。

「それこそおかしゅうございましょう。なんのために呼び出されたのかがわからねば、弁明の用意もできませぬ。やはりこれは偽りのお呼び出しでは」

「……そんなことはない」

　数馬の正論に横山玄位の否定が弱くなった。

「一度、お屋敷へ戻り、あらためて問い合わせをかけましょう」

「そ、そのようなまねができるか。御上を疑うことぞ。本当のお呼び出しであったならばどうする。出頭せずではすまぬのだぞ」

　横山玄位が拒んだ。

「では、ここでお待ちを。わたくしが城中蘇鉄《そてつ》の間《ま》へ伺候《しこう》し、登城当番の留守居役に確かめてまいりましょう。それならば本当であっても間に合いましょう」

　各藩の留守居役が詰める城中蘇鉄の間は、登城口である中御門からすぐのところにある。数馬のいうようにさほどの手間ではなかった。

「たわけが。そのような悠長なまねはせぬ。遅れては大事じゃ。もうよいぞ、駕籠をあげよ」

これ以上の話し合いを横山玄位が拒否した。

「そもそも日頃藩政に携わっておられない貴殿より、村井さまがでられるべきでございましょう。評定所での質問に答えられないでは、かえって御上のご機嫌を損ねましょうぞ」

「黙れ。黙れ。分をわきまえよ。江戸家老筆頭は余じゃ。村井ごときとは違う。筆頭が頭《こうべ》を垂れるからこそ、御上も納得くださるのだ。さっさと駕籠を出せ」

横山玄位が戸惑っている家臣たちを怒鳴りつけた。

「…………」

数馬はそれ以上の引き留めをあきらめた。

「そなたの名前と顔、覚えておくぞ。長屋へ戻って大人《おとな》しくしていろ」

横山玄位が告げて扉を閉めた。

「……挑発にのってこなかったな。思ったよりも刻を稼げなかったか」

「十分とは言えませぬが、本多さまなら大丈夫でございましょう」

行列を見送りながら呟《つぶや》いた数馬を石動庫之介がなぐさめた。

三

廃寺を出た四郎は、前田家の本郷上屋敷に来ていた。

「相変わらずしっかりと閉まっておるわ」

表門が無事なのを、苦笑しながら四郎は確認した。

「左右に無双窓があるか。たしかにこれじゃあ、弓矢で射放題だな。盾《たて》を用意していなかった兄が負けるわけだ」

感慨深く四郎が呟いた。

「さて」

四郎は己が侵入した脇門へと向かった。

「誰もいないとは不用心な」

本来なら脇門の番をするはずの足軽が立っていなかった。これも横山玄位と横山内記長次のせいである。数日の間、門番に誰も立てなかったため、現在の当番が誰なのかわからなくなってしまったのだ。

「こちらとしてはありがたいがの」

衰退したとはいえ武田党の党首である。羽織こそ身に着けてはいないが、袴《はかま》を穿《は》いた四郎は非番の藩士に見えなくもない。四郎は堂々と加賀藩前田家の上屋敷をうろついた。

「たしか、あのあたりの長屋を襲っているときに出てきたな」

四郎は見覚えのある長屋へと近づいた。

「さて、困ったの。女の名前も仕えている家の名前も聞いておらぬわ」

なにも知らなかったと四郎がため息を吐いた。

「もう一度暴れるというのもな……」

「止めよ」

物騒な四郎の発言に制止の声がかかった。

「おお、見つけてくれたか」

振り向いた四郎が佐奈の姿を見つけて喜んだ。

「何をしに来た」

冷たく佐奈が問うた。

「これを返しにな。助かった」

四郎が佐奈からもらった棒手裏《ぼうしゅり》剣《けん》を差し出した。

「やったものだ。貸したわけではない」

佐奈は受け取らなかった。

「では、あらためてもらうぞ」

「それはもうおまえのものだ」

確認した四郎に佐奈が述べた。

「で、なにをしに来た。手裏剣は口実であろう」

もう一度、佐奈が訊いた。

「やはりごまかせぬな」

見抜かれた四郎が苦笑した。

「詫びをしに来た」

「……詫び」

頭をさげた四郎に佐奈が怪訝な顔をした。

「我らの縄張りに住まう大工の棟梁がご迷惑をかけた」

「大工の棟梁……ああ、あいつか」

すぐに佐奈が思いあたった。

「先日のこともある。後始末は任せてもらってよいか」

「不要じゃ」

四郎の申し出を佐奈が拒んだ。

「加賀のことは加賀ですませる。よそ者の手は借りぬ」

佐奈が宣した。

「討つ気だな」

「…………」

四郎の断言に佐奈は反応しなかった。

「どうだ。つきあわぬか」

黙っている佐奈に四郎は誘いをかけた。

「どこへだ」

佐奈が訊いた。

「横山内記の屋敷だ。おなじことをしてやろうぞ」

「……加賀藩上屋敷のことを言い立てれば、己も傷つかねばならぬと」

「どうだ。おもしろいだろう」

興味を示した佐奈に四郎が笑った。

「ふん」

佐奈は拒否をしなかった。

「では、行くぜ」

「ああ」

背を向けた四郎に佐奈がうなずいた。

「……ところで」

脇門を出たところで、ふと四郎が佐奈を見た。

「横山内記の屋敷がどこにあるか知っているか」

「……ついてこい」

佐奈が先頭に立った。


辰ノ口の評定所は和田倉《わだくら》御門を出て東、伝奏屋敷の北隣で、道三堀に面している。

その堀に沿った河岸《かし》を本多政長の行列が東から西へしずしずと進んでいた。

「立て槍の鞘《さや》についているのは……立葵《たちあおい》の紋。本多家」

数馬の足留めに遭《あ》いながらも堀沿いに常盤橋御門から内廓に入り右に曲がった横山玄位の行列、その先導をする供頭《ともがしら》が前を行く本多政長の行列に気づいた。

「殿」

あわてて供頭が駕籠へ身を寄せた。

「今度はなんじゃ」

数馬との遣《や》り取《と》りで気分を害した横山玄位がうるさそうな声を出した。

「本多さまの行列が前に……」

「……本多さま。出雲守《いずものかみ》さまか」

横山玄位が思いあたる大名を口にした。

本多出雲守政利《まさとし》は播州《ばんしゅう》明石《あかし》六万石の城主で、徳川四天王の一人本多平八郎忠勝《へいはちろうただかつ》の末裔《まつえい》になる。とはいえ直系ではなく、一族から養子となって後を継いだ系統である。本家の直系が幼かったための措置で、直系が成人し次第領地を返還する約束を破棄、十五万石の本多家を二つに割った騒動のもとであった。

「それにしては行列の規模が……あれはっ」

答えかけていた供頭が驚愕《きょうがく》した。

「どうした」

横山玄位が扉を開けて顔を出した。

「まさか、そんな……」

主君の問いにも気づかず、供頭は唖然《あぜん》としていた。

「おい、どうしたのだ」

横山玄位がふたたび供頭をうながした。

「本多の家臣がおりまする」

「当たり前だろう。行列には家臣がいる」

供頭の言葉に横山玄位が首をかしげた。

「ち、違いまする。明石の本多さまではなく、本多安房《あわ》さまの家臣が……」

「本多安房だと」

横山玄位が驚いた。

「あの者も、あの男も本多安房さまの江戸屋敷で見たことがございまする」

供頭が前の行列のあちこちを指さした。

「で、では、あの行列は……」

「本多安房さまの……」

横山玄位と供頭が顔を見合わせた。

「なんで本多安房が江戸にいる」

「存じませぬ」

横山内記長次が報《しら》されていた本多政長の出府は横山玄位までは届けられていなかっ

た。

「国元の宿老《しゅくろう》が江戸へ出てくるには幕府のお許しが要《い》る。それを破れば咎めを受ける。つまり本多安房はここにはおらぬ。あれには本多安房の一族がのっているだけじゃ」

横山玄位が妥当な結論に至った。

「江戸に本多安房さまのご一族はおられないはずでございまする」

「では、なんだあれは」

「わかりませぬ」

問われた供頭が首を横に振った。

「止めてこい」

「わ、わたくしがでございますか」

横山玄位の指図に供頭が困惑した。

「別にそなたでなくてもよい。誰でもよいから、あの駕籠にのっている者を調べて来い」

「わかりましてございまする。おい、そなたらが行け」

横山玄位の許しを得た供頭が適当に指名した。

「は、はい」

主君と供頭に言われてはどうしようもない。横山玄位の家臣二人が走っていった。

「横山大膳さまと思われる行列が後ろに付いておりまする」

刑部が駕籠のなかにいる本多政長に報せた。

「そうか。数馬の手柄だの。なかなかの機転であった」

本多政長がうれしそうな声を出した。

「お見事でございまする」

刑部も称賛した。

「行列から二人、こちらへ向かって参りまする。いかがいたしましょう」

横山玄位の家臣たちが走ってくるのを確認した刑部が本多政長の指示を求めた。

「ここはどのあたりだ」

「細川越中守《ほそかわえっちゅうのかみ》さまのお屋敷前でございまする」

本多政長の問いに刑部が告げた。

「細川さまの上屋敷とあらば、評定所まですぐだの」

「はい。西隣が評定所でございまする」

述べた本多政長に刑部がうなずいた。

「評定所の前でもめるわけにはいかぬ。目付が出てきかねぬ」

「では、こちらで」

「うむ。駕籠を止めよ」

本多政長が命じた。

「扉はいかがいたしましょう」

「今は顔を見せずともよい。大膳が来るまで閉じておけ」

訊いた刑部へ本多政長が指示した。

「参ったようでございまする」

刑部が駕籠脇を外れ、行列後部へと急いだ。

「なにやつじゃ」

鋭い誰何《すいか》を刑部が横山玄位の家臣たちへ投げつけた。

「本多さまのご行列とお見受けいたしまする。拙者横山大膳家の馬廻《うままわ》りを務めまする尾田《おだ》と申す者」

「いかにも本多家の行列でござる。拙者は供先を預かる刑部。御用はなにか」

刑部が名乗った尾田という家臣へ問うた。

「主がどなたが御駕籠に乗っておられるかを訊いてくるようにと」

「駕籠には主本多安房がおりまする」

尾田の問いに刑部が告げた。

「本多さま……ご本人が」

「いかにも。御用はそれだけでござるか。ならば、先を急ぎますゆえ」

「お、お待ちを。主に報告して参りまする。おい」

同僚を誘って尾田がすぐ後ろにまで近づいていた横山玄位のもとへ走った。

「……おう、まさに横山大膳さまじゃ」

駕籠から顔を出して尾田らの話を聞いている横山玄位を刑部は確認した。

「本多安房だと。ありえぬ」

「そのように申しておりました」

否定する横山玄位に尾田がもう一度言った。

「履《は》きものを出せ。余が直接確かめる」

「お供を」

駕籠から出た横山玄位に供頭が付き従った。

「横山大膳である。駕籠に疑義あり。通せ」

名乗りながら横山玄位が本多政長の行列を縦断した。

「なにをなさるか」

あまりに無礼な振る舞いに刑部が憤《いきどお》った。

「なんじゃ、そなたは」

遮《さえぎ》られた横山玄位が不機嫌そうに言った。

「行列の供先を預かる本多家の臣でございまする」

今度、刑部は名前を言わなかった。

「どけ、小者風情が余の邪魔をするな。まことに本多安房どのがのっておられるならば、お話をせねばならぬ」

「当方は急ぎでございまする。主に御用なれば、後ほど屋敷までご足労を願いまする」

本多家と横山家では同じ加賀藩宿老でも格が違う。用があるからといって横山玄位が本多政長を呼びつけることは礼に反した。

「すぐにすむ。後からでは間に合わぬのだ」

横山玄位が続けた。

「本多どの、横山でござる」

刑部に遮られたままで横山玄位が駕籠に呼びかけた。

「…………」

駕籠はなんの反応も見せなかった。

「本多どの、横山大膳でござる。顔を見せていただきたい」

「…………」

二度目の要求も無視された。

「顔を出せぬということは……やはり、なかは本多安房どのではないな。誰がのっておる」

横山玄位が確信を持った。

「いいえ。主でございまする」

刑部が言い返した。

「黙れ、名もなき小者め。尾田、駕籠の扉を開けよ」

「はっ」

今までの経緯を見ていると、主君横山玄位が正しい。そう認識した尾田が駕籠へと近づいた。

「…………」

なぜか刑部はそれを止めず、駕籠を注視している横山玄位の隙を使ってその背後に回った。

「御免」

誰も阻害しようとしないことに違和感を感じず、尾田が駕籠の扉に手をかけた。

「無礼者が」

「おわっ」

なかから急に引き開けられた扉に尾田があわてて転びそうになった。

「さきほどから、ずいぶんとお元気なようじゃの。大膳どのよ」

「……本多安房」

すばやく駕籠脇の家臣が揃《そろ》えた履きものへ足を置き、駕籠を出た本多政長の姿に横山玄位が呆然《ぼうぜん》とした。

「なぜ、ここに。江戸に……」

「上様よりお召しがあったゆえ出府してきたのよ」

混乱している横山玄位に本多政長が告げた。

「上様から……」

思いもよらない名前が出たことで横山玄位が絶句した。

「で、では、今から登城を」

道三堀を進んで辰ノ口で右折すれば江戸城本丸へ続く大手門へ至る。横山玄位が尋ねたのも無理はなかった。

「七つにお呼びになるはずはなかろう」

将軍への目通りは午前中が多い。稀《まれ》に昼からもあるが、将軍の夕餉《ゆうげ》や大奥入りに差し障る夕刻はまずなかった。

「では、どちらへ行かれるのでございますや」

衝撃から立ち直れていない横山玄位が、ていねいに本多政長に尋ねた。

「……はああ」

大きなため息を本多政長が吐いた。

「おぬしはなぜここにおる」

「それは評定所へ呼びだしを受けたから……まさか」

問い返された横山玄位が答えながら気づいた。

「この愚か者めが」

本多政長が横山玄位を叱りつけた。

四

佐奈と四郎は風のように江戸の町を走っていた。

「なんだ、天狗《てんぐ》か」

二人に追い抜かれた町人が思わず口にしたのも当然であった。

「まだ真っ直ぐでいいのか」

走りながら四郎が訊いた。

「あの紀州家中屋敷をこえた次の辻《つじ》を西、青山御台所町《あおやまおだいどころちょう》にある」

佐奈が横山内記長次の屋敷を教えた。

「わかった。しかし、かなり走ってきたが息も切らさぬな」

「おぬしも怪我を感じさせぬ」

四郎と佐奈が互いに感心し合った。

「どうだ、吾の妻となってくれぬか」

「前も答えたであろう。わたくしはすでに主のものだと」

こりずに四郎が求婚し、佐奈が断った。

「いや、おぬしをただの女中として扱っているのはどうなのだ」

四郎が才能を発揮できないだろうと言った。

「わたくしがただの女中……おもしろいな。それも」

佐奈が口の端をゆがめた。

「違うのか」

「さての。ただの女中かも知れぬし、妾《めかけ》やも知れぬ」

疑問を口にした四郎に佐奈がはっきりと笑った。

「……腹立たしいわ。おぬしの主が」

「妬《や》くな。思っていたよりおまえはいい男であったが、主さまには敵《かな》わぬ」

「何が違う。武の腕か。それとも見た目か」

「武ならばおぬしの勝ちだろう」

すんなりと佐奈が認めた。

「念のために言うが、見た目なんぞに惑わされるほど、わたくしはおぼこではない」

「ようわからぬ」

数馬のどこに負けているのか、四郎は理解できなかった。

「姫さまが惚《ほ》れたお方じゃ。そしてわたくしも惚れた」

「……姫さま」

佐奈の言葉に四郎が怪訝な顔をした。

「しゃべりすぎたようじゃ。見えてきたぞ。あれが横山内記の屋敷だ」

すっと佐奈が指さした。

「ひときわでかいの」

四郎が感嘆した。

青山御台所町には数百石ほどの旗本屋敷がひしめき合っている。そのなかで五千石の横山内記屋敷はひときわ目立っていた。

「早速始めるぞ。日が暮れそうになってからでは、他人目《ひとめ》がなくなる」

佐奈が懐から出した頭巾《ずきん》で顔を覆った。

「おいおい、一人だけ顔を隠す気か」

素面を晒《さら》したままの四郎が文句をつけた。

「用意していないおまえが悪い」

一言で佐奈が切って捨てた。

「まったくだ。吾がすべて悪いわ。ならば、初撃はもらう」

あきらめたように呟《つぶや》いた四郎がぐっと足に力を入れた。

「…………」

無言で佐奈が四郎の後ろについた。

「表門は閉じているが、傷はつけられるぞ」

走りながら太刀を抜いた四郎が、勢いのまま表門に斬りつけた。

刀がいいというのもあるが、四郎の膂力《りょりょく》はすさまじい。あっさりと表門に大きな傷が入った。

とはいえ、さすがに刀で表門を切り裂くことはできなかった。

「……はあ」

それを見た佐奈が嘆息した。

「目立たぬぞ」

佐奈が苦情をつけた。

「……むう。それもそうだな。これは刀ではなく大槌《おおづち》を用意すべきであったか」

四郎ががっくりと肩を落とした。

「不意に思い立ったのだ。こっちはやれることをするだけ」

落ちこんだ四郎を佐奈が慰めた。

「やれること……」

「見ていよ」

首をかしげた四郎に佐奈が跳んだ。

「うおっ」

裾の蹴出しから赤いものを見せて門脇の塀へ跳びあがった佐奈に、四郎が目を奪われた。

「なかから開ける気か」

屋敷のなかへ降りた佐奈の意図を四郎が見抜いた。

「番士の五人や六人では、あの女を止められぬ」

四郎が太刀を鞘《さや》へ戻した。

「……開いたな」

佐奈一人だけなので片側だけだが、横山内記屋敷の表門がなかから開けられた。

「どうする。皆殺しにするか」

鞘を叩いて四郎が問うた。

「不要。生きて内記へ屋敷の異変を報告してもらわねばならぬ」

佐奈が首を横に振った。

「……そういえば、誰も倒れておらぬな」

門のなかをあらためた四郎が驚いた。

「屋敷の奥にいくつかの気配は感じるが、とても五千石とは思えぬほど少ない。門のところにも一人しかいなかった」

佐奈も怪訝な顔をした。

「どこに……」

四郎が探した。

「門番小屋のなかだ。寝させた」

ちらと佐奈が門脇の番所を見た。

「まあ、少ない分には手間がかからずよい。どこへ出かけているのかは知らぬが、こちらの手間が省けた」

「たしかにそうだな。で、どうする。火でもつけるか」

「付け火の用意はしていない」

四郎の提案を佐奈が否定した。

「しかし、このまま戻れば門を閉じて知らぬ顔ができよう」

武家屋敷は表門を閉じているかぎり、なにもなかったことにできる。

四郎が佐奈に無駄働きになるぞと告げた。

「簡単なことだ」

ちらと佐奈が周囲に目をやった。

横山内記屋敷の向かい側に軒を並べる旗本屋敷から、異変を感じた者たちが様子を見に出てきていた。

「耳目は十分だ。大声で叫べ。横山内記を討ち取ったと」

「なんでそんなことを。なにより我らは一人も殺しておらぬぞ」

佐奈の指図に四郎が疑問を呈した。

「そんなものはどうでもいい」

横山内記長次の首を佐奈は価値がないと言った。

「ただ噂《うわさ》になればいい。得体の知れぬ者に襲われて横山内記屋敷の表門が破られ、当主が首を獲られたとな。後で当主が生きていたとわかっても、門を破られたという事実は見ている者がいる。旗本が江戸の城下で門を破られたなど恥もよいところだ。目付に聞こえれば無事ではすまぬ」

「たしかにそうだが……」

佐奈の説明を受けたが四郎は理解できていなかった。

「わからぬのも無理はない。そなたたちが上屋敷の表門を襲ったのはなぜだ」

「百万石の権威に傷をつけ、武田党の名を知らしめようとしたのよ」

「つまり表門が破られるというのは、武名の失墜を示す。横山内記は加賀藩の上屋敷が門を守りながらも内部はやられていたという事実をもって御上に訴え出たのだ。加賀藩が御上へ偽りを報告したとな。そこに吾《わ》が屋敷の表門がやられたという報告が届けばどうなる」

佐奈が問いかけた。

「振りあげた太刀を下ろしたら己の首を斬った……」

「ああ」

四郎の答えを佐奈が認めた。

「百万石と相討《つ》ちになる覚悟が、はたしてあるかの」

佐奈が口の端を吊り上げた。

「……すう」

大きく四郎が息を吸った。

「ゆえあるをもって横山内記の首を討ったり」

四郎が大音声《だいおんじょう》を発した。

「これでいいな」

「ではの」

確認した四郎を放置して、佐奈が消えた。

「……一瞬か。怖ろしい女だ」

小さく四郎が首を左右に振った。

「だが、それ以上に美しい」

ほれぼれと四郎が賛美した。

「なんじゃ、なにごとだ」

「表門が開いておるぞ」

御殿のなかから駆け出してくる足音が聞こえた。

「ようやくか。まったく今どきの侍は気が抜けているな。こんな連中が浪人になったところで、とても使いものにはならぬ」

大きく四郎が落胆した。

「さて、あの女がいなくなったことでもあるし。さっさと立ち去るとするか」

四郎も踵《きびす》を返した。

五

本多政長に怒鳴られた横山玄位が呆然とした。

「な、な、なんだ」

「わからぬとは……情けないにもほどがある。身を捨てて加賀藩を救った横山山城守《やましろのかみ》が泣いておるわ」

「曾祖父《そうそふ》がなぜ泣くのだ」

あきれた本多政長に横山玄位が口調も考えずに問うた。

「そういったあたりが世間に慣れておらぬ証《あかし》じゃ。大膳、儂は筆頭宿老じゃ。そしてそなたとは親と子ほど年が離れておる。どのようなときでも敬意を払うべきであろうが」

言葉遣いがなっていないと本多政長が横山玄位を指導した。

「……申しわけござらぬ」

一瞬の間をおいて横山玄位が謝罪した。

「次は許さぬぞ」

本多政長が釘を刺した。

「…………」

「大膳、評定所へのお呼び出しの口上はなんであった」

脅《おど》されて血の気の引いた横山玄位に本多政長が質問した。

「……それは」

横山玄位が口ごもった。

「役立たずから、内通者に墜ちるか」

「内通など……」

にらみつけられた横山玄位が震えた。

「主家になにかあったとき、重職が無事ですむわけはない」

本多政長が横山玄位への説教を始めた。

「わかっているのか。主家が一本の木だとしたら、我ら重職はそれを支える根である。本体が切り取られて、根だけがどうやって生きていくのだ。ともに枯れるしかなかろうが」

「そ、そんなことはござらぬ」

横山玄位が反論を口にした。

「わたくしの横山も本多さまのお家も、ともに徳川家との縁《えにし》が深うございまする。かならずやお取り立てくださいまする」

「…………」

徳川家との縁を強調した横山玄位を本多政長が冷たい目で見た。

「誰に言われた」

「……大叔父でございまする」

横山玄位が横山内記長次の名前を出した。

「譜代大名になれるとでも言われたか」

「横山にはそれだけの歴史があると」

確認した本多政長に横山玄位がうなずいた。

「徳川との縁が身を救うと信じているのだな」

「さ、さようでござる」

本多政長の念押しに横山玄位が怯えながらも認めた。

「愚かと言う気も失せたわ」

しみじみと本多政長があきらめた。

「数馬」

「はっ」

横山玄位の行列に付き従う形で合流していた数馬を本多政長が呼んだ。

「加賀藩筆頭宿老本多政長、出府いたしましたと届けを頼む」

「承知仕《つかまつ》った」

将軍のお召しとはいえ、手続きを省いては足を掬《すく》われる。

外様大名は少しの隙でも幕府に見せてはいけなかった。

とくに百万石というすべての大名の頂点に立つ前田家は幕府から厳しく監視されていた。二代将軍秀忠の血を引く綱紀が当主である間は改易されることはないだろうが、領土を減らしたり、遠方へ転じるなどして少しでも力を削《そ》ごうとしてきている。

「塚本《つかもと》」

「はっ」

本多政長に呼ばれた本多家江戸詰用人が応じた。

「金を数馬に渡せ」

「いかほど」

主君の命に用人が金額を訊いた。

「お城坊主と右筆を動かさねばならぬ。二十二両出せ」

「はい」

用人が懐から小判を出し、数えてから本多政長へ差し出した。

「数馬、受け取れ。使い道は語らずともよいな」

「……お任せを」

数馬は強くうなずいた。

「よし。行け」

「はっ」

本多政長の指示に従って、数馬が江戸城へと向かった。

「……さて、大膳」

「な、なんでございましょう」

三度睨《にら》まれた横山玄位が怯《おび》えた。

「そなたの役目、儂が引き継ぐ」

「……なんのことやら」

横山玄位がとぼけた。

「評定所で抗弁せず、大久保加賀守の言いぶんを認めるのがそなたの役目であろう」

「………」

図星を突かれた横山玄位が黙った。

「儂が代わる。そなたはここで帰れ」

「それはできませぬ。江戸はわたくしが筆頭でござる。評定所への呼び出しもわたくしが応じるのが筋」

本多政長の指図を横山玄位が拒絶した。

「その言葉、取り消す気はないな」

「ご、ござらぬ」

より増した本多政長の威圧に後ずさりながらも、横山玄位が逆らった。

「横山大膳、許しがたき行為これあるによって、江戸家老の職を解き、屋敷にての謹慎を命じる」

本多政長が断じた。

「な、何を言うか。いかに筆頭といえども同じ人持ち組頭同士でござる。本多どのにわたくしをどうこうする権はなし」

横山玄位が抵抗した。

「これを見よ」

懐から本多政長がていねいに包まれた油紙を出した。

「…………」

油紙を解いて、横山玄位がなかから出てきた書付《かきつけ》を読んだ。

「……これは」

「殿のご直筆じゃ。疑うなかれ」

「…………」

言われた横山玄位が泣きそうな顔をした。

「今の儂は殿の代理である。これ以上逆らうならば、横山家をここで潰す。そなたを浪人にしてしまえば、評定所にはいけまい」

評定所に浪人は足を踏み入れられなかった。

「それとも乾坤一擲《けんこんいってき》で儂と戦うか」

「……うっ」

殺気を向けられた横山玄位が腰を引いた。

「大人しく加賀藩の家老で過ごせ。分に合わぬ望みは身を滅ぼす。もう乱世ではない。下克上などあり得ぬのだ」

本多政長が横山玄位の野望を砕いた。

「……承知いたした」

横山玄位が折れた。

「屋敷に戻ったならば、国元へ帰る用意をいたせ。殿のお叱りを受けるがよい」

「…………」

うなだれた横山玄位が去っていった。

「駕籠を出せ」

本多政長が評定所へと歩みを再開した。

大手門前に石動《いするぎ》庫之介を残した数馬は、蘇鉄の間へと急いだ。

「御免」

蘇鉄の間の襖《ふすま》を開けた数馬は、すばやくなかを見回した。

「……瀬能ではないか。国元へ帰ったのではなかったか」

すぐに加賀藩の留守居役が近づいてきた。

「五木《いつき》どのがご当番でござったか。それは重畳《ちょうじょう》」

数馬が安堵《あんど》した。

まだ歳若い数馬がいきなり留守居役に抜擢《ばってき》されたことを気に入らない者もいる。そういった留守居役が当番だと、数馬への反発から話が止まってしまう怖れがあった。

その点、五木は数馬の指南役であり、信用できた。

「どうした」

「詳細はのちほどかならず」

問うた五木に数馬が黙って従ってくれと頼んだ。

「どなたのご指示じゃ、六郷どのか」

五木が留守居役肝煎《きもいり》の名前を出した。

「安房さまでございまする」

数馬が藩内だけで通じる呼称を使った。

蘇鉄の間は情報を集める場でもある。周囲が聞き耳を立てていた。

「わかった」

五木が納得した。

「まずは安房さまの出府届を右筆さまへ」

「もう四つに近い。今からでは明日回しになるぞ」

数馬の要求に五木が難しい顔をした。

「金を預かっておりまする。これで」

小声で数馬が伝えた。

「お城坊主はそれでいけるが……」

右筆はもともと諸大名からの頼まれごとで礼金を稼いでおり、かなり裕福であるだけによほどの金を積まなければ無理だと五木が渋った。

「……それはまずい」

数馬が苦く頬をゆがめた。

「明日ではまずいのだな」

そのあたりは留守居役だけに表情で状況を把握する。五木も顔色を変えた。

「はい。なんとか手は……」

「とりあえず、書付を作り、お城坊主に託そう。金は」

悩む数馬に五木が動こうと言った。

「これを」

数馬が懐から二両出した。

「随分《ずいぶん》はずんだな。いつもの四倍だぞ」

五木が驚いた。

「だが、これだけ出せばお城坊主は大丈夫だ」

受け取った満井が蘇鉄の間に常備されている文机《ふづくえ》へと向かい、書付を作成しだした。

「右筆に受け取らせるには……」

それを横目で見ながら数馬は悩んだ。

金に困っていない右筆を籠絡《ろうらく》するのは難しい。宴席で酒を吞《の》ませ、女を抱かせればまだどうにかなるだろうが、今はその暇さえなかった。

「加賀の留守居役どのであったの」

五木を待っている数馬に初老の留守居役が声をかけた。

「いかにもさようでございまするが、貴殿は」

見覚えのない顔に数馬が首をかしげた。

「小沢の一件ではご迷惑をおかけした」

「……堀田さまの」

言われて数馬が思いあたった。

「葉月冬馬《はづきとうま》と申す。殿より貴殿が小沢との交渉を担当しておられたと伺っておりました。いや、殿より教えていただいてはいたが、じつにお若い」

葉月と名乗った堀田備中守家の留守居役が感心した。

留守居役は人と人との交渉を担当するだけに、諸役を経験した老練な藩士が任じられる。事実、蘇鉄の間に今いる留守居役も皆壮年以上であり、数馬のように三十路前の若い者は皆無であった。

「はあ」

留守居役で若いと言われるのは褒め言葉ではなかった。数馬が気の抜けた応答をした。

「小沢を逃がしてしまったことをお詫びする」

「いえ、こちらこそご老中さまの御助力をいただきましたこと、感謝いたしておりまする」

二人が頭をさげあった。

「これを機に今後ともよろしくお願いしますぞ」

あいさつを終えると葉月が腰をあげた。

「いえ、こちらこそ……あっ」

そのまま見送ろうとした数馬が声をあげた。

「どうかなさったかの」

立ち去ろうとした葉月が足を止めた。

「葉月どの、一つ恩を借りさせてくだされ」

「力を貸せと」

数馬の発言に、葉月がもう一度座った。

留守居役には貸しと借りがあった。

それは藩主の姫を嫁にもらってもらったとか、息子を養子に迎えてもらったとかの大きなものから、宴席の代金を払ってもらったという安いものまで多種にわたるが、基本等価で返済しなければならない。

外交という藩の利害に直結するだけにできるだけ貸し借りはせず、やむを得ず借りを作ったときでも早急に返済するのが慣例であった。

「……ふむ。百万石への貸しでござるか。次第によりますぞ」

葉月が慎重な態度を見せた。

なにせ堀田備中守は老中首座なのだ。その権威は江戸城で将軍さえ凌駕《りょうが》し、堀田備中守の名前を出せばどのような無理難題も通る。それだけに迂闊《うかつ》な貸し借りはできなかった。

「右筆さまへの伝手《つて》をお借りしたい」

数馬が願った。

本書は文庫書下ろし作品です。

|著者|上田秀人　1959年大阪府生まれ。大阪歯科大学卒。'97年小説CLUB新人賞佳作。歴史知識に裏打ちされた骨太の作風で注目を集める。講談社文庫の「奥右筆秘帳」シリーズは、「この時代小説がすごい！」（宝島社刊）で、2009年版、2014年版と二度にわたり文庫シリーズ第一位に輝き、第３回歴史時代作家クラブ賞シリーズ賞も受賞。「百万石の留守居役」は初めて外様の藩を舞台にした新シリーズ。このほか「禁裏付雅帳」（徳間文庫）、「御広敷用人大奥記録」（光文社文庫）、「闕所物奉行裏帳合」（中公文庫）、「表御番医師診療禄」（角川文庫）、「町奉行内与力奮闘記」（幻冬舎時代小説文庫）、「日雇い浪人生活録」（ハルキ文庫）などのシリーズがある。歴史小説にも取り組み、『孤闘　立花宗茂』（中公文庫）で第16回中山義秀文学賞を受賞、『竜は動かず　奥羽越列藩同盟顛末』（講談社）も話題に。総部数は1000万部を突破。
上田秀人公式HP「如流水の庵」 http://www.ueda-hideto.jp/

分断《ぶんだん》　百万石《ひゃくまんごく》の留守居役《るすいやく》(十二)
上田秀人《うえだひでと》

講談社文庫
定価はカバーに
表示してあります

2018年12月14日第１刷発行

発行者――渡瀬昌彦
発行所――株式会社　講談社
東京都文京区音羽2-12-21　〒112-8001
電話　出版　(03) 5395-3510
　　　販売　(03) 5395-5817
　　　業務　(03) 5395-3615
Printed in Japan

デザイン―菊地信義
本文データ制作―講談社デジタル製作
印刷―――大日本印刷株式会社
製本―――大日本印刷株式会社

ISBN978-4-06-513999-8

講談社文庫刊行の辞

二十一世紀の到来を目睫に望みながら、われわれはいま、人類史上かつて例を見ない巨大な転換期をむかえようとしている。

世界も、日本も、激動の予兆に対する期待とおののきを内に蔵して、未知の時代に歩み入ろうとしている。このときにあたり、創業の人野間清治の「ナショナル・エデュケイター」への志を現代に甦らせようと意図して、われわれはここに古今の文芸作品はいうまでもなく、ひろく人文・社会・自然の諸科学から東西の名著を網羅する、新しい綜合文庫の発刊を決意した。

激動の転換期はまた断絶の時代である。われわれは戦後二十五年間の出版文化のありかたへの深い反省をこめて、この断絶の時代にあえて人間的な持続を求めようとする。いたずらに浮薄な商業主義のあだ花を追い求めることなく、長期にわたって良書に生命をあたえようとつとめるところにしか、今後の出版文化の真の繁栄はあり得ないと信じるからである。

同時にわれわれはこの綜合文庫の刊行を通じて、人文・社会・自然の諸科学が、結局人間の学にほかならないことを立証しようと願っている。かつて知識とは、「汝自身を知る」ことにつきていた。現代社会の瑣末な情報の氾濫のなかから、力強い知識の源泉を掘り起し、技術文明のただなかに、生きた人間の姿を復活させること。それこそわれわれの切なる希求である。

われわれは権威に盲従せず、俗流に媚びることなく、渾然一体となって日本の「草の根」をかたちづくる若く新しい世代の人々に、心をこめてこの新しい綜合文庫をおくり届けたい。それは知識の泉であるとともに感受性のふるさとであり、もっとも有機的に組織され、社会に開かれた万人のための大学をめざしている。大方の支援と協力を衷心より切望してやまない。

一九七一年七月

野間省一

講談社文庫 最新刊

上田秀人
分断
〈百万石の留守居役(十二)〉
岳父本多政長が幕府に召喚され、急遽江戸に向かうことになった数馬だが。〈文庫書下ろし〉

パトリシア・コーンウェル
池田真紀子 訳
烙印（上）（下）
最高難度の事件に挑む比類なき検屍ミステリー。検屍官シリーズ2年ぶり待望の最新刊！

小川洋子
琥珀のまたたき
隔絶された別荘、家族の奇妙な生活は永遠に続くはずだった。切なくもいびつな幸福の物語。

井上真偽
恋と禁忌の述語論理《プレディケット》
解決した殺人事件の推理を次々ひっくり返す、名探偵にとって脅威の美人数理論理学者登場。

三浦朱門
曽野綾子
夫婦のルール
90歳と85歳の作家夫婦が明かす夫婦関係の極意とは？ ベストセラー『夫の後始末』の原点。

マイクル・コナリー
古沢嘉通 訳
贖罪の街（上）（下）
LAハードボイルド史上最強の異母兄弟、刑事ボッシュと弁護士ハラーがタッグを組んだ！

江國香織 ほか
100万分の1回のねこ
佐野洋子のロングセラー絵本『100万回生きたねこ』に捧げる13人の作家や画家の短篇集。

マキタスポーツ
〈決定版〉
一億総ツッコミ時代
SNSも日常生活も「ツッコミ過多」で息苦しい日々。気楽に生きるヒント満載の指南書。

講談社文芸文庫

蓮實重彥
物語批判序説
フローベール『紋切型辞典』を足がかりにプルースト、サルトル、バルトらの仕事とともに、十九世紀半ばに起き、今も我々を覆う言説の「変容」を追う不朽の名著。
解説＝磯﨑憲一郎
はM5
978-4-06-514065-9

吉田健一訳
ラフォルグ抄
若き日の吉田健一にとって魂の邂逅の書となった、十九世紀末フランスの夭折詩人ラフォルグによる散文集『伝説的な道徳劇』。詩集『最後の詩』と共に名訳で贈る。
解説＝森　茂太郎
よD22
978-4-06-514038-3

〈既刊紹介〉

上田秀人作品◆講談社

百万石の留守居役《るすいやく》シリーズ

老練さが何より要求される藩の外交官に、若き数馬が挑む！

第一巻『波乱』２０１３年11月　講談社文庫

外様第一の加賀《かが》藩。旗本から加賀藩士となった祖父をもつ瀬能数馬《せのうかずま》は、城下で襲われた重臣前田直作《まえだなおなり》を救い、五万石の筆頭家老本多政長《ほんだまさなが》の娘、琴《こと》に気に入られ、その運命が動きだす。江戸で数馬を待ち受けていたのは、留守居役《るすいやく》という新たな役目。藩の命運が双肩にかかる交渉役には人脈と経験が肝心。剣の腕以外、何もない若者に、きびしい試練は続く！

上田秀人作品◆講談社

第一巻『**波乱**』
藩主綱紀を次期将軍に!?
加賀が揺れる。

2013年11月
講談社文庫

第二巻『**思惑**』
五万石の娘、琴に気に
入られた数馬は江戸へ！

2013年12月
講談社文庫

第三巻『**新参**』
数馬の初仕事は、
逃走した先任の始末!?

2014年6月
講談社文庫

第四巻『**遺臣**』
権を失った大老
酒井忠清の罠が加賀に！

2014年12月
講談社文庫

第五巻『**密約**』
寛永寺整備の
お手伝い普請の行方は!?

2015年6月
講談社文庫

第六巻『**使者**』
藩主の継室探しの難題。
数馬は会津保科家へ！

2015年12月
講談社文庫

第七巻『**貸借**』
新たな役目をおびた
数馬は吉原の宴席へ。

2016年6月
講談社文庫

第八巻『**参勤**』
藩主綱紀のお国入り。
数馬は道中交渉役！

2016年12月
講談社文庫

第九巻『**因果**』
藩主綱紀は琴との婚姻に
数馬の〝覚悟〟を迫る。

2017年6月
講談社文庫

第十巻『**忖度**』
秘命をおび、数馬主従は
敵地越前に向かうが!?

2017年12月
講談社文庫

第十一巻『**騒動**』
数馬の危機に、琴も動く。
包囲網から生還なるか？

2018年6月
講談社文庫

第十二巻『**分断**』
岳父本多政長の江戸召喚。
数馬も権謀渦巻く江戸へ。

2018年12月
講談社文庫

〈以下続刊〉

上田秀人作品◆講談社

奥《おく》右《ゆう》筆《ひつ》秘帳シリーズ

「筆」の力と「剣」の力で、幕政の闇に立ち向かう圧倒的人気シリーズ！

江戸城の書類作成にかかわる奥右筆組頭《おくゆうひつくみがしら》の立花併右衛門《たちばなへいえもん》は、幕政の闇にふれる。帰路、命を狙われた併右衛門は隣家の次男、柊衛悟《ひいらぎえいご》を護衛役に雇う。松平定信《まつだいらさだのぶ》、将軍家斉《いえなり》の父・一橋治済《ひとつばしはるさだ》の権をめぐる争い、甲賀《こうが》、伊賀《いが》、お庭番の暗闘に、併右衛門と衛悟は巻き込まれていく。「この時代小説がすごい！」（宝島社刊）でも二度にわたり第一位を獲得したシリーズ！

第一巻『密封』２００７年９月　講談社文庫

上田秀人作品◆講談社

第一巻
『密封』
2007年9月
講談社文庫

第二巻
『国禁《こっきん》』
2008年5月
講談社文庫

第三巻
『侵蝕《しんしょく》』
2008年12月
講談社文庫

第四巻
『継承』
2009年6月
講談社文庫

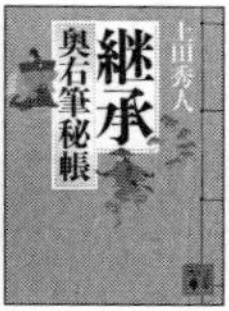

第五巻
『簒奪《さんだつ》』
2009年12月
講談社文庫

第六巻
『秘闘』
2010年6月
講談社文庫

第七巻
『隠密』
2010年12月
講談社文庫

第八巻
『刃傷』
2011年6月
講談社文庫

第九巻
『召抱《めしかかえ》』
2011年12月
講談社文庫

第十巻
『墨痕《ぼっこん》』
2012年6月
講談社文庫

第十一巻
『天下』
2012年12月
講談社文庫

第十二巻
『決戦』
2013年6月
講談社文庫

〈全十二巻完結〉

前夜 奥右筆外伝

併右衛門、衛悟、瑞紀《みずき》をはじめ宿敵となる冥府防人《めいふさきもり》らそれぞれの「前夜」を描く上田作品初の外伝！

2016年4月
講談社文庫

上田秀人作品◆講談社

天主信長

〈表〉我こそ天下なり
〈裏〉天を望むなかれ

本能寺と安土城、戦国最大の謎に二つの大胆仮説で挑む。

信長の死体はなぜ本能寺《ほんのうじ》から消えたのか？　安土《あづち》に築いた豪壮な天守閣の狙いとは？　信長の遺《のこ》した謎に、敢然と挑む。文庫化にあたり、別案を〈裏〉として書き下ろす。信長編の〈表〉と黒田官兵衛編の〈裏〉で、二倍面白い上田歴史小説！

〈表〉我こそ天下なり
2010年8月　講談社単行本
2013年8月　講談社文庫

〈裏〉天を望むなかれ
2013年8月　講談社文庫

上田秀人作品◆講談社

梟《ふくろう》の系譜

宇喜多四代

戦国の世を生き残れ！
梟雄と呼ばれた宇喜多秀家の真実。

織田、毛利、尼子《あまこ》と強大な敵に囲まれた備前に生まれ、勇猛で鳴らした祖父能家《よしいえ》を裏切りで失い、父と放浪の身となった直家《なおいえ》は、宇喜多《うきた》の名声を取り戻せるか？

『梟の系譜』2012年11月　講談社単行本
2015年11月　講談社文庫

軍師の挑戦

上田秀人初期作品集

斬新な試みに注目せよ。
上田作品のルーツがここに！

デビュー作「身代わり吉右衛門」（「逃げた浪士」に改題）をふくむ、戦国から幕末まで、歴史の謎に果敢に挑んだ八作。上田作品の源泉をたどる胸躍る作品群！

『軍師の挑戦』2012年4月　講談社文庫

講談社文庫　目録

講談社文庫　目録

上田秀人　墨《ぼっ》痕《こん》〈奥右筆秘帳〉
上田秀人　天下〈奥右筆秘帳〉
上田秀人　決戦〈奥右筆秘帳〉
上田秀人　前夜〈奥右筆外伝〉
上田秀人　軍師の挑戦〈上田秀人初期作品集〉
上田秀人　天主信長〈表〉〈我こそ天下なり〉
上田秀人　天主信長〈裏〉〈天を望むなかれ〉
上田秀人　波乱〈百万石の留守居役(一)〉
上田秀人　思惑〈百万石の留守居役(二)〉
上田秀人　新参〈百万石の留守居役(三)〉
上田秀人　遺臣〈百万石の留守居役(四)〉
上田秀人　密約〈百万石の留守居役(五)〉
上田秀人　使者〈百万石の留守居役(六)〉
上田秀人　貸借〈百万石の留守居役(七)〉
上田秀人　参勤〈百万石の留守居役(八)〉
上田秀人　因果〈百万石の留守居役(九)〉
上田秀人　忖《そん》度《たく》〈百万石の留守居役(十)〉
上田秀人　騒動〈百万石の留守居役(十一)〉
上田秀人　梟《ふくろう》の系譜〈宇喜多四代〉

内田樹　下流志向〈学ばない子どもたち 働かない若者たち〉
内田樹・釈徹宗　現代霊性論
上橋菜穂子　獣の奏者〈I闘蛇編〉
上橋菜穂子　獣の奏者〈II王獣編〉
上橋菜穂子　獣の奏者〈III探求編〉
上橋菜穂子　獣の奏者〈IV完結編〉
上橋菜穂子　獣の奏者〈外伝 刹那〉
上橋菜穂子　物語ること、生きること
上橋菜穂子　明日は、いずこの空の下
上橋菜穂子原作・武本糸会漫画　コミック 獣の奏者 I
上橋菜穂子原作・武本糸会漫画　コミック 獣の奏者 II
上橋菜穂子原作・武本糸会漫画　コミック 獣の奏者 III
上橋菜穂子原作・武本糸会漫画　コミック 獣の奏者 IV
上田紀行　ダライ・ラマとの対話
上田紀行　スリランカの悪魔祓い
内澤旬子　おやじがき〈絶滅危惧種中年男性図鑑〉
We are 宇宙兄弟！編　宇宙小説
嬉野君　妖怪極楽
嬉野君　黒猫邸の晩餐会

上野誠　天平グレート・ジャーニー〈遣唐使・平群広成の数奇な冒険〉
うかみ綾乃　永遠に、私を閉じこめて
植西聰《あきら》　がんばらない生き方
海猫沢めろん　愛についての感じ
遠藤周作　ぐうたら人間学
遠藤周作　聖書のなかの女性たち
遠藤周作　さらば、夏の光よ
遠藤周作　最後の殉教者
遠藤周作　反逆(上)(下)
遠藤周作　ひとりを愛し続ける本
遠藤周作　深い河 ディープ・リバー
遠藤周作　周作塾〈読んでもタメにならないエッセイ〉
遠藤周作　新装版 海と毒薬
遠藤周作　新装版 わたしが・棄てた・女
江上剛　頭取無惨
江上剛　不当買収
江上剛　小説金融庁
江上剛　絆
江上剛　再起

講談社文庫　目録

江上　剛　企業戦士
江上　剛　リベンジ・ホテル
江上　剛　起死回生
江上　剛　瓦礫の中のレストラン
江上　剛　非情銀行
江上　剛　東京タワーが見えますか。
江上　剛　慟哭の家
江上　剛　家電の神様
江上　剛　ラストチャンス　再生請負人
江國香織　真昼なのに昏《くら》い部屋
江國香織・文　松尾たいこ・絵　ふりむく
M・モーリス　江國香織訳　宇野亜喜良絵　青い鳥
江國香織他　彼の女たち
遠藤武文　プリズン・トリック
遠藤武文　トリック・シアター
遠藤武文　パワードスーツ
遠藤武文　原調
円城　塔　道化師の蝶
大江健三郎　新しい人よ眼ざめよ

大江健三郎　取り替え子《チェンジリング》
大江健三郎　鎖国してはならない
大江健三郎　言い難き嘆きもて
大江健三郎　憂い顔の童子
大江健三郎　河馬に嚙まれる
大江健三郎　M/Tと森のフシギの物語
大江健三郎　キルプの軍団
大江健三郎　治療塔
大江健三郎　治療塔惑星
大江健三郎　さようなら、私の本よ！
大江健三郎　水死
大江健三郎　晩年様式集《イン・レイト・スタイル》
小田　実　何でも見てやろう
沖　守弘　マザー・テレサ〈あふれる愛〉
岡嶋二人　あした天気にしておくれ
岡嶋二人　開けっぱなしの密室
岡嶋二人　ちょっと探偵してみませんか
岡嶋二人　そして扉が閉ざされた
岡嶋二人　どんなに上手に隠れても

岡嶋二人　タイトルマッチ
岡嶋二人　解決まではあと6人〈5W1H殺人事件〉
岡嶋二人　眠れぬ夜の殺人
岡嶋二人　七日間の身代金
岡嶋二人　コンピュータの熱い罠《わな》
岡嶋二人　殺人！ザ・東京ドーム
岡嶋二人　99％の誘拐
岡嶋二人　クラインの壺
岡嶋二人　増補版　三度目ならばABC
岡嶋二人　ダブル・プロット
岡嶋二人　新装版　焦茶色のパステル
岡嶋二人　チョコレートゲーム　新装版
太田蘭三　殺《さつ》・風《ぷう》景《けい》〈警視庁北多摩署特捜本部〉
太田蘭三　殺人理想郷〈警視庁北多摩署特捜本部〉
太田蘭三　虫も殺さぬ〈警視庁北多摩署特捜本部〉
太田蘭三　口唇紋〈警視庁北多摩署特捜本部〉
大前研一　企業参謀　正・続
大前研一　やりたいことは全部やれ！
大前研一　考える技術

講談社文庫　目録

大沢在昌　野獣駆けろ
大沢在昌　死ぬより簡単
大沢在昌　相続人TOMOKO
大沢在昌　ウォームハート　コールドボディ
大沢在昌　アルバイト探偵《アイ》
大沢在昌　調毒師を捜せ　アルバイト探偵《アイ》
大沢在昌　女王陛下のアルバイト探偵《アイ》
大沢在昌　不思議の国のアルバイト探偵《アイ》
大沢在昌　拷問遊園地　アルバイト探偵《アイ》
大沢在昌　帰ってきたアルバイト探偵《アイ》
大沢在昌　雪　蛍
大沢在昌　ザ・ジョーカー
大沢在昌　亡命者〈ザ・ジョーカー〉
大沢在昌　夢の島
大沢在昌　新装版　氷の森
大沢在昌　暗黒旅人
大沢在昌　新装版　走らなあかん、夜明けまで
大沢在昌　新装版　涙はふくな、凍るまで
大沢在昌　語りつづけろ、届くまで
大沢在昌　罪深き海辺(上)(下)
大沢在昌　やぶへび
大沢在昌　海と月の迷路(上)(下)
C・ドイル原作　大沢在昌　バスカビル家の犬
逢坂　剛　コルドバの女豹
逢坂　剛　十字路に立つ女
逢坂　剛　イベリアの雷鳴
逢坂　剛　重《じゅう》蔵《ぞう》始《し》末《まつ》
逢坂　剛　じぶくり伝兵衛〈重蔵始末(二)〉
逢坂　剛　猿曳遁兵衛〈重蔵始末(三)〉
逢坂　剛　嫁盗み〈重蔵始末(四)長崎篇〉
逢坂　剛　陰の声〈重蔵始末(五)長崎篇〉
逢坂　剛　北門の狼〈重蔵始末(六)蝦夷篇〉
逢坂　剛　逆浪《げきろう》果つるところ〈重蔵始末(七)蝦夷篇〉
逢坂　剛　遠ざかる祖国(上)(下)
逢坂　剛　牙をむく都会(上)(下)
逢坂　剛　燃える蜃気楼(上)(下)
逢坂　剛　新装版　カディスの赤い星(上)(下)
逢坂　剛　暗い国境線(上)(下)
逢坂　剛　鎖《とざ》された海峡
逢坂　剛　暗殺者の森(上)(下)
逢坂　剛　さらばスペインの日日(上)(下)
オノ・ヨーコ　飯村隆彦編　ただの私《あたし》
オノ・ヨーコ　南風　椎訳　グレープフルーツ・ジュース
折原　一　倒錯のロンド
折原　一　倒錯の死角〈201号室の女〉
折原　一　倒錯の帰結
折原　一　タイムカプセル
折原　一　クラスルーム
折原　一　帝王、死すべし
小川洋子　密やかな結晶
小川洋子　ブラフマンの埋葬
小川洋子　最果てアーケード
小野不由美　月の影　影の海(上)(下)〈十二国記〉
小野不由美　風の海　迷宮の岸〈十二国記〉
小野不由美　東の海神《わだつみ》　西の滄海〈十二国記〉
小野不由美　風の万里　黎明の空(上)(下)〈十二国記〉
小野不由美　図南の翼〈十二国記〉

講談社文庫　目録

神崎京介 女薫の旅 背徳の純心
神崎京介 I LOVE
神崎京介 天国と楽園
神崎京介 新・花と蛇
神崎京介 美人と張形〈四つ目屋繁盛記〉
加納朋子 ガラスの麒麟
加納朋子 ぐるぐる猿と歌う鳥
かなざわいっせい ファイト！〈麗しの名馬、愛しの馬券〉
鴨志田穣 遺稿集
角岡伸彦 被差別部落の青春
角田光代 まどろむ夜のUFO
角田光代 夜かかる虹
角田光代 恋するように旅をして
角田光代 エコノミカル・パレス
角田光代 ちいさな幸福〈All Small Things〉
角田光代 あしたはアルプスを歩こう
角田光代 庭の桜、隣の犬
角田光代 人生ベストテン
角田光代 ロック母
角田光代 彼女のこんだて帖
角田光代 ひそやかな花園
角田光代他 私らしくあの場所へ
川端裕人 せちやん〈星を聴く人〉
川端裕人 星と半月の海
片川優子 佐藤さん
片川優子 ジョナさん
片川優子 明日の朝、観覧車で
神山裕右 カタコンベ
神山裕右 サスツルギの亡霊
加賀まりこ 純情ババァになりました。
門田隆将 甲子園への遺言〈伝説の打撃コーチ高畠導宏の生涯〉
門田隆将 甲子園の奇跡〈斎藤佑樹と早実百年物語〉
門田隆将 神宮の奇跡
柏木圭一郎 京都大原 名旅館の殺人
鏑木蓮 東京ダモイ
鏑木蓮 屈折光
鏑木蓮 時限
鏑木蓮 救命拒否
鏑木蓮 真友
鏑木蓮 甘い罠
鏑木蓮 京都西陣シェアハウス〈憎まれ天使・有村志穂〉
川上未映子 そら頭はでかいです、世界がすこんと入ります
川上未映子 わたくし率 イン 歯ー、または世界
川上未映子 ヘヴン
川上未映子 すべて真夜中の恋人たち
川上未映子 愛の夢とか
川上弘美 ハヅキさんのこと
川上弘美 晴れたり曇ったり
海堂尊 外科医 須磨久善
海堂尊 新装版 ブラックペアン1988
海堂尊 ブレイズメス1990
海堂尊 スリジエセンター1991
海堂尊 死因不明社会2018
海道龍一朗 百年の亡国〈憲法破却〉
海道龍一朗 天佑、我にあり(上)(下)〈天海譚 戦川中島異聞〉
海道龍一朗 真剣〈新陰流を創った漢、上泉伊勢守信綱〉
海道龍一朗 乱世疾走(上)(下)〈禁中御庭者綺譚〉

講談社文庫　目録

海道龍一朗　北條龍虎伝(上)(下)
海道龍一朗　室町耽美抄　花　鏡
金澤　治　電子メディアは子どもの脳を破壊するか
上條さなえ　10歳の放浪記
加藤秀俊　隠　居　学〈おもしろくてたまらないヒマつぶし〉
鹿島田真希　ゼロの王国(上)(下)
鹿島田真希　来たれ、野球部
門井慶喜　パラドックス実践　雄弁学園の教師たち
加藤　元　山　姫　抄
加藤　元　嫁　の　遺　言
加藤　元　キ　ネ　マ　の　華《ヒロイン》
加藤　元　私がいないクリスマス
片島麦子　中　指　の　魔　法
亀井　宏　ドキュメント　太平洋戦争全史(上)(下)
亀井　宏　ミッドウェー戦記(上)(下)
亀井　宏　ガダルカナル戦記全四巻
亀井　宏　佐　助　と　幸　村
金澤信幸　バラ肉のバラって何？〈誰かに教えたくてたまらなくなる"あの言葉"の本当の意味〉
金澤信幸　サランラップのサランって何？〈誰かに話したくてしかたなくなる"あの名前"の意外な由来〉

梶　よう子　迷　　子　石
梶　よう子　ふ　く　ろ　う
梶　よう子　ヨ　　イ　豊《とよ》
梶　よう子　立身《りっしん》いたしたく候《そうろう》
川瀬七緒　よろずのことに気をつけよ
川瀬七緒　法医昆虫学捜査官
川瀬七緒　シンクロニシティ〈法医昆虫学捜査官〉
川瀬七緒　水《みな》底《ぞこ》の棘《とげ》〈法医昆虫学捜査官〉
川瀬七緒　メビウスの守護者〈法医昆虫学捜査官〉
かわぐちかいじ　藤井哲夫原作　僕はビートルズ　1
かわぐちかいじ　藤井哲夫原作　僕はビートルズ　2
かわぐちかいじ　藤井哲夫原作　僕はビートルズ　3
かわぐちかいじ　藤井哲夫原作　僕はビートルズ　4
かわぐちかいじ　藤井哲夫原作　僕はビートルズ　5
かわぐちかいじ　藤井哲夫原作　僕はビートルズ　6
風野真知雄　隠密　味見方同心(一)〈くじらの姿焼き騒動〉
風野真知雄　隠密　味見方同心(二)〈干し卵不思議味〉
風野真知雄　隠密　味見方同心(三)〈幸せの小福餅〉
風野真知雄　隠密　味見方同心(四)〈恐怖の流しそうめん〉

風野真知雄　隠密　味見方同心(五)〈フグの毒鍋〉
風野真知雄　隠密　味見方同心(六)〈鵺《ぬえ》の闇鍋〉
風野真知雄　隠密　味見方同心(七)〈絵巻寿司〉
風野真知雄　隠密　味見方同心(八)〈ふふふの麩〉
風野真知雄　隠密　味見方同心(九)〈殿さま漬け〉
風野真知雄　昭　和　探　偵　1
カレー沢　薫　負　け　る　技　術
カレー沢　薫　もっと負ける技術〈カレー沢薫の日常と退廃〉
下野《かばた》康史　ポルシェより、フェラーリより、ロードバイクが好き〈熱狂と悦楽の自転車ライフ〉
野崎雅人　佐々原史緒　戦国BASARA3〈真田幸村の章／猿飛佐助の章〉
矢野　隆　映島　巡　戦国BASARA3〈伊達政宗の章／片倉小十郎の章〉
タタツシンイチ　鏡　征爾　戦国BASARA3〈長曾我部元親の章／毛利元就の章〉
梶　よう子　タタツシンイチ　戦国BASARA3〈徳川家康の章／石田三成の章〉
風森章《しょう》羽　渦巻く回廊の鎮魂曲《レクイエム》〈霊媒探偵アーネスト〉
風森章羽　清　ら　か　な　煉　獄〈霊媒探偵アーネスト〉
加藤千恵　こぼれ落ちて季節は
神田　茜　しょっぱい夕陽
神林長平　だれの息子でもない
神楽坂　淳　うちの旦那が甘ちゃんで

京極夏彦　分冊文庫版塗仏《ぬりぼとけ》の宴 宴《うたげ》の始末《しまつ》(上)(中)(下)
京極夏彦　分冊文庫版 陰摩羅鬼《おんもらき》の瑕《きず》(上)(中)(下)
京極夏彦　分冊文庫版 邪魅《じゃみ》の雫(上)(中)(下)
京極夏彦　分冊文庫版 ルー＝ガルー〈忌避すべき狼〉(上)(下)
京極夏彦　分冊文庫版 ルー＝ガルー2〈インクブス×スクブス 相容れぬ夢魔〉(上)(下)
京極夏彦・原作 志水アキ・漫画　コミック版 姑獲鳥《うぶめ》の夏(上)(下)
京極夏彦・原作 志水アキ・漫画　コミック版 魍魎《もうりょう》の匣《はこ》(上)(下)
京極夏彦・原作 志水アキ・漫画　コミック版 狂骨の夢(上)(下)
北森　鴻　狐　罠
北森　鴻　花の下にて春死なむ
北森　鴻　狐　闇
北森　鴻　桜　宵
北森　鴻　親不孝通りディテクティブ
北森　鴻　螢　坂
北森　鴻　香菜里屋《カナリヤ》を知っていますか
北森　鴻　親不孝通りラプソディー
北村　薫　盤　上　の　敵
北村　薫　紙　魚　家　崩　壊〈九つの謎〉
北村　薫　野球の国のアリス

岸　惠子　30年の物語
木内一裕　藁　の　楯
木内一裕　水の中の犬
木内一裕　アウト&アウト
木内一裕　キ　ッ　ド
木内一裕　デッドボール
木内一裕　神様の贈り物
木内一裕　喧　嘩　猿
木内一裕　バードドッグ
木内一裕　不　愉　快　犯
北山猛邦　『クロック城』殺人事件
北山猛邦　『瑠璃城』殺人事件
北山猛邦　『アリス・ミラー城』殺人事件
北山猛邦　『ギロチン城』殺人事件
北山猛邦　私たちが星座を盗んだ理由
北山猛邦　猫柳十一弦の後悔〈不可能犯罪定数〉
北山猛邦　猫柳十一弦の失敗〈探偵助手五箇条〉
北　康利　白洲次郎 占領を背負った男(上)(下)
北　康利　福沢諭吉 国を支えて国を頼らず(上)(下)

北　康利　吉田茂 ポピュリズムに背を向けて(上)(下)
北原尚彦　死美人辻馬車
北尾トロ　テ　ッ　カ　場
樹林　伸　東京ゲンジ物語
貴志祐介　新世界より(上)(中)(下)
北川貴士　マグロはおもしろい〈美味のひみつ、生き様のなぞ〉
木下半太　暴走家族は回り続ける
木下半太　爆《は》ぜるゲームメイカー
木下半太　サ　バ　イ　バ　ー
北原みのり　毒　婦。〈木嶋佳苗100日裁判傍聴記〉
北原みのり　木嶋佳苗100日裁判傍聴記〈佐藤優対談収録完全版〉
北　夏輝　恋都の狐さん
北　夏輝　美都《みと》で恋めぐり
北　夏輝　狐さんの恋結び
岸本佐知子 編訳　変《ヘン》愛《アイ》小説集
岸本佐知子 編　変愛小説集 日本作家編
木原浩勝　文庫版 現世《うつしよ》怪談(一) 主人の帰り
木原浩勝　文庫版 現世怪談(二) 白刃の盾
木原浩勝　増補改訂版 もう一つの「バルス」〈宮崎駿と『天空の城ラピュタ』の時代〉

講談社文庫　目録

喜国雅彦・国樹由香　メフィストの漫画
金田一春彦・安西愛子 編　日本の唱歌 全三冊
黒岩重吾　新装版 古代史への旅
栗本　薫　木蓮荘綺譚〈伊集院大介の不思議な旅〉
栗本　薫　新装版 絃《いと》の聖域
栗本　薫　新装版 ぼくらの時代
栗本　薫　新装版 優しい密室
栗本　薫　新装版 鬼面の研究
黒井千次　カーテンコール
黒井千次　日の砦
倉橋由美子　よもつひらさか往還
黒柳徹子　窓ぎわのトットちゃん 新組版
工藤美代子　今朝の骨肉、夕べのみそ汁
倉知　淳　新装版 星降り山荘の殺人
倉知　淳　シュークリーム・パニック
鯨　統一郎　タイムスリップ森鷗外
鯨　統一郎　タイムスリップ戦国時代
鯨　統一郎　タイムスリップ忠臣蔵
鯨　統一郎　タイムスリップ紫式部

倉阪鬼一郎　大江戸秘脚便
倉阪鬼一郎　娘飛脚を救え〈大江戸秘脚便〉
倉阪鬼一郎　開運十社巡り〈大江戸秘脚便〉
倉阪鬼一郎　決戦、武甲山〈大江戸秘脚便〉
倉阪鬼一郎　八丁堀の忍
草野たき　ハチミツドロップス
黒田研二　ウェディング・ドレス
黒田研二　ペルソナ探偵
黒田研二　ナナフシの恋〈～Mimetic Girl～〉
黒木　亮　冬の喝采 (上)(下)
黒野　耐《たえる》　「たられば」の日本戦争史〈もし真珠湾攻撃がなかったら〉
楠木誠一郎　火除け地蔵〈立ち退き長屋顛末記〉
楠木誠一郎　聞き耳地蔵〈立ち退き長屋顛末記〉
群像 編　12星座小説集
玖村まゆみ　完盗オンサイト
草凪　優　ささやきたい。ほんとうのわたし。
草凪　優　わたしの突然。あの日の出来事。
草凪　優　芯までとけて。最高の私。
黒岩比佐子　パンとペン〈社会主義者・堺利彦と「売文社」の闘い〉

桑原水菜　弥次喜多化かし道中
朽木　祥　風の靴
黒木　渚　壁の鹿
栗山圭介　居酒屋ふじ
栗山圭介　国士舘物語
玄侑宗久　阿修羅
決戦！シリーズ　決戦！関ヶ原
決戦！シリーズ　決戦！大坂城
決戦！シリーズ　決戦！本能寺
決戦！シリーズ　決戦！川中島
小峰　元　アルキメデスは手を汚さない
今野　敏　ST 警視庁科学特捜班 エピソード1〈新装版〉
今野　敏　ST 警視庁科学特捜班 毒物殺人〈新装版〉
今野　敏　ST 警視庁科学特捜班〈黒いモスクワ〉
今野　敏　ST 警視庁科学特捜班〈青の調査ファイル〉
今野　敏　ST 警視庁科学特捜班〈赤の調査ファイル〉
今野　敏　ST 警視庁科学特捜班〈黄の調査ファイル〉
今野　敏　ST 警視庁科学特捜班〈緑の調査ファイル〉
今野　敏　ST 警視庁科学特捜班〈黒の調査ファイル〉

今野　敏　ST為朝伝説殺人ファイル〈警視庁科学特捜班〉
今野　敏　ST桃太郎伝説殺人ファイル〈警視庁科学特捜班〉
今野　敏　ST沖ノ島伝説殺人ファイル〈警視庁科学特捜班〉
今野　敏　ST化合　エピソード0〈警視庁科学特捜班〉
今野　敏　STプロフェッション〈警視庁科学特捜班〉
今野　敏　ギガース〈宇宙海兵隊〉
今野　敏　ギガース2〈宇宙海兵隊〉
今野　敏　ギガース3〈宇宙海兵隊〉
今野　敏　ギガース4〈宇宙海兵隊〉
今野　敏　ギガース5〈宇宙海兵隊〉
今野　敏　ギガース6〈宇宙海兵隊〉
今野　敏　特殊防諜班　連続誘拐
今野　敏　特殊防諜班　組織報復
今野　敏　特殊防諜班　標的反撃
今野　敏　特殊防諜班　凶星降臨
今野　敏　特殊防諜班　諜報潜入
今野　敏　特殊防諜班　聖域炎上
今野　敏　特殊防諜班　最終特命
今野　敏　茶室殺人伝説

今野　敏　奏者水滸伝《そうしゃすいこでん》　阿羅漢集結《あらかんしゅうけつ》
今野　敏　奏者水滸伝　小さな逃亡者
今野　敏　奏者水滸伝　古丹《こたん》、山へ行く
今野　敏　奏者水滸伝　白の暗殺教団
今野　敏　奏者水滸伝　四人、海を渡る
今野　敏　奏者水滸伝　追跡者の標的
今野　敏　奏者水滸伝　北の最終決戦
今野　敏　フェイク〈疑惑〉
今野　敏　同期
今野　敏　欠落
今野　敏　警視庁FC
今野　敏　蓬莱〈新装版〉
今野　敏　イコン〈新装版〉
後藤正治　奇蹟の画家
後藤正治　天人〈深代惇郎と新聞の時代〉
幸田　文　崩れ
幸田　文　台所のおと
幸田　文　季節のかたみ
小池真理子　記憶の隠れ家

小池真理子　美神《ミューズ》
小池真理子　冬の伽藍
小池真理子　恋愛映画館
小池真理子　ノスタルジア
小池真理子　夏の吐息
小池真理子　千日のマリア
幸田真音　マネー・ハッキング
幸田真音　日本国債(上)(下)〈改訂最新版〉
幸田真音　eの悲劇〈IT革命の光と影〉
幸田真音　凜《りん》冽《れつ》の宙《そら》
幸田真音　コイン・トス
幸田真音　あなたの余命教えます
五味太郎　大人問題
鴻上尚史　あなたの魅力を演出するちょっとしたヒント
鴻上尚史　あなたの思いを伝える表現力のレッスン
鴻上尚史　八月の犬は二度吠える
鴻上尚史　鴻上尚史の俳優入門
小林紀晴　アジアロード
小泉武夫　地球を肴に飲む男